UNITY OF ELEMENTS

VIOLA & SILVIA

UNITY OF ELEMENTS

1. Auflage, 2020

©Viola & Silvia
Alle Rechte vorbehalten.

Umschlaggestaltung: ©Angeline Janeir o
Lektorat und Korrektorat: ©Scriptmanufaktur
Buchsatz: ©Jasmin Kraft
ISBN: 978-3-7526-6901-5

Herstellung und Verlag:
BoD – Books on Demand, Norderstedt

INHALT

Bibliografische Information der Deutschen Nationalbibliothek: Die Deutsche Nationalbibliothek verzeichnet diese Publikation in der Deutschen Nationalbibliografie; detaillierte bibliografische Daten sind im Internet über dnb.dnb.de abrufbar.

DISCLAIMER

Übereinstimmungen oder Ähnlichkeiten der Figuren mit realen Personen sind zufällig und unbeabsichtigt. Alle Figuren, der Titel und das Coverdesign dieses Buches sind urheberrechtlich geschütztes Material und ohne explizite Erlaubnis des Urhebers, Rechteinhabers und Herausgebers für Dritte nicht nutzbar.

Zum Buch:

Die Meeresbiologiestudentinnen Lia und Lola lernen sich scheinbar zufällig in einer Bar in L. A. kennen. Von Anfang an verbindet sie eine besondere Freundschaft. Doch dann überschlagen sich mysteriöse Ereignisse und die beiden begegnen den Seelenwandlern Adrian und Kyle. Liebe und Leidenschaft kommen ins Spiel.

Nach einem Unfall finden sich die Studentinnen plötzlich in der magischen Unterwasserwelt Lumia wieder und verwandeln sich zum ersten Mal ...

Zeitgleich finden die siunischen Kämpfe des Rates der 4 Elemente statt. Vertrauen und Verrat lassen die Grenzen zwischen Gut und Böse verschwimmen.

Lia und Lola treffen eine verhängnisvolle Entscheidung, aber schaffen sie es dabei, zwischen Freund und Feind zu unterscheiden?

UNITY OF ELEMENTS

VIOLA & SILVIA

Urban Fantasy

1

SIUS

or vielen Jahren lebten die Menschen und die Elementarwesen friedlich zusammen und im Einklang mit der Natur. Doch mit der Zeit wurde der Egoismus der Menschen immer größer. Sie verschlossen ihre Herzen vor der Schönheit und dem Zauber der Natur. Alles, was auch nur im Ansatz mit Magie und deren Wesen zu tun hatte, haben sie aus Angst, ihre eigene Macht und ihren Besitz zu verlieren, gefürchtet, verurteilt und auf brutale Weise bekämpft. Daraufhin erließ der Rat der vier Elemente Gesetze zum Schutz der Natur und der Elementarwesen. Diese beinhalteten strenge Regeln, die mit einer strikten Trennung zwischen der Menschen- und der Elementarwelt einhergingen. Ein Zusammenleben war ab diesem Zeitpunkt nicht mehr möglich. Als die Menschen die Elementarwesen nicht mehr sehen konnten, legte sich ein

Schleier des Vergessens über sie. Nur noch wenige wussten von der Existenz dieser Wesen. So konnten diese Elementarwesen in einer geschützten Parallelwelt mit dem Namen Sius leben.

In jedem der vier Elemente existierten unterschiedliche Wesen, deren Oberste dem Rat der vier Elemente angehörten. Zu diesem Rat zählten Farina, die Oberste des Feuers und der Flammen, Yarus, der Oberste des Wassers und der Wellen, Terra, die Oberste der Erde und des Gesteins, Airius, der Oberste der Luft und des Windes, sowie Maikula. Er war der Weise des Rates der vier Elemente und gleichzeitig derjenige, der die Aufgabe hatte, alle vier Elemente im Gleichgewicht zu halten und dafür zu sorgen, dass die Gesetze eingehalten wurden. Eine Missachtung dieser Gesetze duldete er nicht. Er war von ihrer Einhaltung geradezu besessen. Das erste und wichtigste Gesetz verbot den Kontakt zwischen Elementarwesen und Menschen. Jeder, der es nicht befolgte, wurde sogleich in die Menschenwelt verbannt und jeglicher Erinnerung beraubt. Nur in der einen magischen Nacht, in welcher der Himmel die Erde küsste, verschwammen die Grenzen zwischen Sius und der Menschenwelt. Die Verbannten konnten durch die Portale des jeweiligen Elementes in die andere Welt gelangen und ihre Erinnerungen kehrten für diese eine Nacht zurück. Kurz vor Sonnenaufgang war alles wieder vorbei, jeder musste zurück in seine Welt, und die Portale verschlossen sich für ein ganzes Jahr. Maikula war in dieser einen Nacht immer besonders wachsam und achtete darauf, dass jedes Wesen am Ende der Nacht wieder an seinem Platz war. Gaia, die Gestalt der Liebe, konnte diesen Irrsinn nicht mehr länger ertragen, weil Liebe keine Grenzen kannte. Ihrer Meinung nach konnte man mit Liebe alles lösen, denn Liebe war alles und alles war Liebe. Sie war sich sicher, dass die Menschheit aus ihren Fehlern gelernt hatte und nun ein friedliches, liebevolles Zusammenleben mit den Elementarwesen wieder möglich war. Ihr Plan war es, Maikula in der Nacht, in der der Himmel die Erde küsste, davon zu überzeugen, dass Liebe frei von Gesetzen und Regeln war.

2

LIEBE KENNT KEINE GRENZEN

ervös geht Maikula auf und ab. Es ist wieder so weit: die Nacht, in der der Himmel die Erde küsst. Ungeduldig sehnt er deren Ende herbei. Durch den Spiegel der Welten beobachtet er das Geschehen zwischen Menschen und Elementarwesen. Sekunden vergehen für ihn wie Stunden. Als endlich die letzten Minuten der Magischen Nacht anbrechen, entdeckt er voller Schreck ein Liebespaar. Gerade küssen sie sich noch sehnsuchtsvoll, doch nur einen Augenblick später versuchen sie, gemeinsam durch eines der Portale nach Sius zu fliehen. Für das Paar aus unterschiedlichen Welten sind diese Nacht und das Portal die einzige Chance auf ein gemeinsames Leben.

Maikula eilt zum Portal zur Menschenwelt, um die Gesetzeswidrigkeit zu verhindern, doch dort angelangt kann er das Liebespaar nirgends sehen.

Sie müssen doch schon auf der anderen Seite sein, denkt er sich und geht durch das Portal. Er findet sich im Idunienwald wieder, doch auch dort muss er voller Enttäuschung feststellen, dass das Liebespaar spurlos verschwunden ist. Unzufrieden lässt sich Maikula auf der Wurzel einer mächtigen Weide nieder und stützt seinen Kopf in seine Hände.

Oh nein, ich war zu spät, wie konnte das nur passieren? Ich hätte sie aufhalten müssen, ich hätte schneller sein müssen. Unsere Welten dürfen nicht vermischt werden, so lautet das Gesetz. Ich hätte es verhindern müssen. Was mache ich jetzt bloß? Wenn sie einmal zusammen geflohen sind, gibt es kein Zurück mehr. Ich habe versagt! Ein knackendes Geräusch reißt ihn aus seinen Gedanken.

»Wer ist da?«, ruft er und richtet seinen Blick auf die Dunkelheit. Dort erblickt er das lieblichste und anmutigste Wesen, das ihm je begegnet ist: eine Frau von märchenhafter Schönheit. Nur einige Meter entfernt funkeln ihn die tiefgrünen Augen der Unbekannten neugierig an.

Halte dich fern von diesem menschlichen Weib! spricht die Vernunft aus ihm. Doch sein Gefühl ist anderer Meinung.

Beide schreiten wie von einer unsichtbaren Kraft geleitet aufeinander zu. Dicht voreinander bleiben sie stehen und blicken sich tief in die Augen.

Warum fühle ich mich so hingezogen zu dieser Frau? Sie ist eine Fremde, und doch fühlt es sich so vertraut an, denkt Maikula. Die Unbekannte legt eine Hand sanft auf seine Wange. Er kann ihrer Berührung nicht widerstehen und legt eine Hand auf die ihre. Mit der anderen streicht er über ihr Haar und drückt sie sanft an sich, bis sich ihre Lippen berühren. Liebe liegt in der Luft. Als sie sich küssen, verschwimmen die Grenzen. Die Welt steht still. Ihre Küsse werden immer fordernder, während ihre Hände einander erkunden. Maikula legt die Schöne liebevoll auf den moosigen Boden. Zwei Körper, durchflutet von Liebe, geben sich einander leidenschaftlich hin. Mann und Frau vereinigen sich, werden eins und lieben sich in dieser Nacht bis zum Morgengrauen. Nachdem sie ihr Liebesspiel beendet haben, verspricht ihr Maikula von ganzem Herzen, einen Weg zu finden, um mit ihr zusammen sein zu können. Maikula hat in dieser einen Nacht gelernt, dass man Liebe nicht auf eine Welt begrenzen kann und dass es eine andere Möglichkeit geben muss, um dauerhaften Frieden zwischen den Welten zu schaffen.

Voller Euphorie reißt er noch am selben Morgen das große dunkle Tor der Halle von Katatur auf. Alle Mitglieder des Rates der vier Elemente sitzen bereits am Steinernen Tisch der Entscheidung und führen eine hitzige Diskussion.

»Ich muss euch unbedingt etwas mitteilen!«, ruft Maikula aufgeregt in die Runde.

»Wir wissen bereits über alles Bescheid, Maikula«, entgegnet Yarus, der Herrscher des Wassers, mit tiefer Stimme.

»Über was wisst ihr Bescheid?«, fragt Maikula unsicher. *Haben sie etwa alles gesehen?*

»Du Verräter hast unser Oberstes Gesetz gebrochen und dich mit dem Menschenweib vereinigt. Wie konntest du nur?«, verurteilt ihn Yarus mit einer Zornesfalte auf der Stirn.

»Ich bin so enttäuscht von dir. Du predigst über Moral und Ehre und hast selbst keine!«, wirft Farina, die Oberste des Feuers, ihm vor. Flammen der Wut lodern um ihren Körper.

»Genau aus diesem Grund möchte ich mit euch reden. Diese Nacht und die Liebe dieser Frau waren das Schönste und Vollkommenste, das ich je erleben durfte. Ich hatte doch keine Ahnung, was es bedeutet, wirklich zu lieben. Auch wenn wir Lebewesen aus verschiedenen Welten sind, darf uns die Liebe nicht einfach verboten werden. Wir müssen eine andere Möglichkeit finden, um den Frieden auf der Erde zu wahren«, verteidigt sich Maikula.

»Aber dieses Gebot ist unantastbar, und niemand kann es ändern«, gibt Farina entsetzt von sich.

»Lasst ihn doch mal ausreden, vielleicht hat er ja gar nicht so unrecht!«, versucht Terra, die Oberste der Erde, zu schlichten.

»Nein. Wir haben diese Gesetze aus gutem Grund erlassen. Maikula kennt die Bestrafung für seine Schandtat.«

Nachdem Yarus diese Worte ausgesprochen hat,

erfüllt eisige Stille die Halle. Alle sind sich der schwerwiegenden Folgen seiner Aussage bewusst.

»Aber ihr versteht nicht, das Gesetz ist völliger Irrsinn. Man kann Liebe nicht begrenzen.«

»Doch, das kann man, und die Konsequenzen gelten auch für dich. Dein Amt als Weiser des Rates wird dir mit sofortiger Wirkung entzogen. Du wirst des Rates verwiesen und aus unserer Heimat Sius in die Menschenwelt verbannt. Dort wirst du dein Dasein als Mensch fristen und keinerlei Erinnerung mehr an uns oder an Sius haben, so wie es jedem widerfährt, der das Oberste Gesetz bricht.«

»Das könnt ihr nicht machen! Ich bin der, der alle vier Elemente in sich vereint und sie im Gleichgewicht hält. Ihr wisst genau, dass ohne mich die Welt aus den Fugen gerät«, protestiert der Verurteilte und baut sich dabei in seiner vollen Größe vor dem Rat auf.

»Nein, Maikula, nicht ohne dich gerät die Welt aus den Fugen, sondern ohne unsere Gesetze. Daher gibt es keinerlei Diskussion.« Nun steht auch Yarus vom Steinernen Tisch auf. Mit einer abfälligen Handbewegung deutet er den Wächtern der Verbannung, Maikula abzuführen, doch als diese es versuchen, schafft er es mit Leichtigkeit, sich gegen sie zu wehren.

»Na gut, Maikula, du hast es nicht anders gewollt. Zeigt ihm den Spiegel!«, fordert er die Wachen auf. Einer der Wachen lässt von ihm ab und bringt Maikula den Spiegel der Welten. Dieser hält sofort inne, als er in den Spiegel blickt. Ihm stockt der Atem. Der Spiegel zeigt, wie die Wächter der Verbannung seiner Geliebten hinterrücks einen Dolch in ihren zarten Körper stoßen. Gefühllos lassen sie seine Liebste zu Boden sacken.

Und das Bild im Spiegel verschwimmt. Jegliche Lebensenergie verlässt schlagartig Maikulas Körper, sodass er kraftlos auf seine Knie sinkt. Einen solchen Schmerz hat er nie zuvor gefühlt. Widerstandslos lässt er sich von den Wächtern der Verbannung aus Katatur abführen ...

3

DIE BEGEGNUNG

*L*ola hört gerade ihren Lieblingssong auf ihrem Handy. Gedankenverloren geht sie den überfüllten Sunset Strip in Los Angeles entlang. Gehetzte Geschäftsleute und shoppingwütige Urlauber füllen die Straßen. Die angenehme Spätsommerwärme umschmeichelt ihren zierlichen Körper. Der Duft von etwas Neuem, Aufregendem liegt in der Luft. Auch wenn die Freude auf das, was vor ihr liegt, eindeutig überwiegt, schwingt auch etwas Angst vor dem Neuen, dem Unbekannten mit. Doch schon immer hat bei Lola die Neugierde gesiegt. Jedes Mal, wenn ein Gedanke der Unsicherheit sich anschleicht, denkt sie an den Spruch ihrer Mutter: Wenn du etwas verändern willst, musst du dich bewegen. Und Lola will sich verändern, sich lebendig fühlen und das Leben genießen. Nie zuvor ist sie alleine in einer fremden Stadt gewesen. Mit einem tiefen Atemzug lässt sie ihre letzten Ängste los und atmet den Duft der neu gewonnenen Freiheit ein. Die vergangenen Wochen sind sehr aufreibend gewesen. Der Umzug, der Abschied von ihrer Familie und ihren Freunden, die Wahl des richtigen Studienganges und die damit verbundenen Zweifel haben ihr jeglichen Schlaf geraubt. Um all den Stress nun endgültig hinter sich zu lassen, hat sie sich für den Abend mit ihrer Cousine Catelyn in einer Bar verabredet. Gelöst lässt sie ihren Blick über die unzähligen Schaufenster, Bars und Restaurants schweifen. Lola genießt all die neuen Eindrücke um sich herum, all das quirlige Leben. Es ist ganz anders als in ihrer kleinen, eher ländlichen Heimatstadt. Hier scheint alles möglich zu sein. Sie merkt, wie dieser aufgeweckte, lebendige Ort ihren Geist öffnet.

Auch Lia ist neu in der Stadt. Um ihrem Freund näher zu sein und ihrer Beziehung noch eine Chance zu geben, hat sie beschlossen, in Los Angeles zu studieren. Wirklich sicher, ob dies die richtige Entscheidung war, ist sie sich jedoch nicht, denn ihr Freund Keath hat sie zu dieser Entscheidung gedrängt. Er schickte Lia zahlreiche Flyer von diversen Universitäten, und sie entschied sich schließlich für die St. Marriot. Doch kurz vor ihrer Abreise hat sie sich von ihm getrennt, weil er ständig ihr Leben kontrollieren wollte. Jeder Blick eines fremden Mannes auf Keaths schöne Freundin brachte ihn zum Rasen, und Lia hat es mit seiner übertriebenen Eifersucht einfach nicht mehr ausgehalten. Schon während ihrer Fernbeziehung hat er ständig versucht sie über ihr Handy zu kontrollieren. An ihrem Entschluss, auf die St. Marriot zu gehen, hielt sie aber fest. Gerade als sie in den Sunset Strip einbiegt, bekommt sie eine SMS von Keath.

Hey Honey, ich muss dich sehen!!! Bitte lass uns nochmal reden, ich kann nicht ohne dich. Heut Abend um acht Uhr in der Great Barrier Bar. Bitte sei da! Ich warte auf dich! Gib uns noch nicht auf!

Lia seufzt und textet zurück. Auf ihr Handy blickend schlendert sie die Straße entlang. Plötzlich stößt sie heftig mit einem Mädchen zusammen. Ihre Schultern knallen gegeneinander und eine noch nie dagewesene Energie durchströmt sie. Das Bild von tiefblauem Wasser aus einem immer wiederkehrenden Traum erscheint für den Bruchteil einer Sekunde vor ihrem inneren Auge. Alles geht sehr schnell, und als sie sich umdreht, ist das blonde Mädchen schon einige Meter von ihr entfernt. Doch auch Lola, die diese einzigartige Energie gespürt hat, dreht sich in diesem Moment um. Die Blicke der beiden treffen sich, sie empfinden Vertrautheit und Geborgenheit. Irritiert gehen beide weiter.

Später am Abend sitzen Lola und Catelyn etwas abseits an einem runden Tisch in der *Great Barrier Bar*. Die urige Kneipe ist völlig überfüllt. Überwiegend junge Leute drängen sich in Richtung Theke, um Getränke zu bestellen. Gedämmtes Licht und Rauchschwaden benebeln den Verstand, sobald man den Raum betritt. Die tiefen Bässe der alternativen Rockmusik bringen verschwitzte Körper zum Vibrieren. Schon nach kurzer Zeit serviert ein junger Kellner Lola ihr Bier, ihrer Cousine reicht er mit einem Augenzwinkern einen Sex on the Beach. Catelyn geht sofort auf den Flirtversuch ein und verwickelt ihn in ein oberflächliches Gespräch. Genervt verdreht Lola ihre Augen und nimmt einen Schluck aus ihrer Flasche. Als Catelyn sich endlich wieder Lola zuwendet, beginnt sie zu erzählen.

»Ach, weißt du, Kleine, hier in L.A. ist alles anders. Alles, was zählt, sind Spaß und Lifestyle. Auf der Uni geht es nur darum, wer mit wem und wann, das Lernen ist völlige Nebensache«, lacht Catelyn, »ich zeig dir, wie es sich hier gut leben lässt.«

»Aber jetzt mal im Ernst, wie sind die Professoren so drauf? Sind die Klausuren schwer?«, fragt Lola.

»Ist alles halb so wild Cousinchen, wirst sehen. Jetzt feiern wir erstmal, dass du hier bist. Heut Abend lassen wir es richtig krachen! Der süße Kellner hat uns gerade an die Bar gewunken. Komm, Lola, jetzt beschäftigen wir uns mit den wirklich wichtigen Dingen!« Catelyn drängelt sich rücksichtslos durch die Menschenmenge und zerrt Lola hinter sich her.

Lia sitzt alleine an der Bar, ihre langen dunklen Haare wallen über ihren Rücken. Ihr Blick schweift zur Uhr.

Typisch Keath! Er lässt mich jetzt schon eine halbe Stunde warten. In diesem Moment vibriert ihr Handy, eine SMS von ihm.

Hey Babe, mir ist etwas Wichtiges dazwischengekommen, warte nicht auf mich. Kuss Keath.

Das passt doch einfach nicht zusammen, erst will er sich unbedingt mit mir treffen und dann versetzt er mich. Er wird sich nie ändern. Es wird Zeit, endgültig abzuschließen. Verärgert lässt sie das Handy zurück in ihre Tasche fallen. Sie stützt ihren Kopf auf ihre Hände, atmet durch und überlegt, was sie mit dem angebrochenen Abend anfangen soll. In diesem Moment drängt sich ein quirliges Mädchen neben ihr an den Tresen, setzt sich auf einen Barhocker und baggert aufdringlich den Kellner an. Lia wirft diesem nur einen kurzen Blick zu. Sichtlich fasziniert von Lias Schönheit, wendet er sich von dem Mädchen augenblicklich ab und fragt Lia sofort nach ihrem Wunsch. Von der Seite spürt sie den Blick des Mädchens auf sich ruhen. Lias Bestellung, ein doppelter Whiskey, steht nur kurz darauf vor ihr. Sie kippt den Whiskey mit einem Schluck hinunter, knallt das Glas zurück auf den Tresen und zwinkert der arroganten Ziege neben sich zu. Diese rauscht aufgebracht ab, dabei ruft sie noch:

»Ich geh nur kurz zur Toilette, Kleine!«

Lola setzt sich auf den Platz ihrer Cousine. Als Catelyn einige Zeit später immer noch nicht zurück ist, blickt Lola suchend in die Menge und erspäht diese wild knutschend mit einem Typ in der Ecke.

Noch ahnen Lia und Lola nicht, dass dieser Abend eine schicksalhafte Wendung nehmen wird. Plötzlich sieht Lia eine rabenschwarze dreibeinige Katze mit tiefgrünen Augen direkt vor sich über die Theke huschen. Völlig irritiert fragt sie den Kellner:

»Gehört die etwa zu eurem Inventar?«

»Äh, wer denn?«

»Na ja, die Katze.«

»Welche Katze? Ich glaub, du hast zu tief ins Glas geschaut!« Lachend wendet er sich ab.

»Ich habe sie auch gesehen!«, erklingt eine zarte Stimme neben ihr. Lola und Lia wenden sich einander zu und blicken sich in die Augen – wieder diese Energie, tiefblaues Wasser, Meeresrauschen.

»Ich ... ich habe sie auch gesehen«, wiederholt Lola stotternd.

»Ihr spinnt doch beide!«, mischt sich der Kellner ein.

»Du hast sie auch gesehen? Ich dachte schon, ich bin verrückt geworden. Wo ist sie hin?« fragt Lia.

»Keine Ahnung, sie ist wie vom Erdboden verschluckt.« antwortet Lola.

Betretenes Schweigen. Lia durchbricht die Stille.

»Bist du alleine hier?«

Lola blickt zu ihrer Cousine, die immer noch mit dem Typ beschäftigt ist, und nickt.

»Eigentlich bin ... äh war ich mit meiner Cousine hier, aber, ach, egal. Lola«, stellt sie sich vor und streckt Lia ihre Hand entgegen.

»Ich bin Lia, bist du öfter hier?«

»Nein, ich bin zum ersten Mal in L.A. Und werde hier an der St. Marriot studieren.«

»Dann geht's dir ja wie mir. Ich bin gestern angekommen und kann erst ab morgen in mein Zimmer am Campus ziehen. Heute schlafe ich noch im Hotel.«

»Ich übernachte heute bei meiner Cousine und werde danach auch in einem Studentenwohnheim wohnen. Morgen beginnt mein Meeresbiologiestudium.«

»Wow, das gibt`s doch nicht, für denselben Studiengang habe ich mich auch eingetragen. Es beruhigt mich zu wissen, dass ich dort schon jemanden kennen werde.«

»Stimmt. Dann müssen wir wohl beide morgen früh raus.«, schmunzelt Lola.

»Hab schon verstanden, Ladys, das heißt es wird eine lange Nacht werden, die zwei gehen aufs Haus«, zwinkert der Kellner den beiden Schönheiten zu und knallt ihnen im selben Moment zwei doppelte Whiskeys auf die Theke. Und so nimmt das Schicksal seinen Lauf.

Die Stunden vergehen wie Minuten, beide haben das Gefühl, als würden sie einander schon ewig kennen. Doch keine spricht es aus. Ein Glas nach dem anderen wird geleert. Die Mädchen sind von einer nie dagewesenen Leichtigkeit beschwingt, sie lachen aus vollem Herzen. Sämtliche Zweifel und Sorgen sind vergessen. Spätestens jetzt ist beiden bewusst, dass es die richtige Entscheidung war, nach L.A. zu gehen. Berauscht reden sie über Gott und die Welt. Lia erzählt Lola auch von Keath, seiner Eifersucht und seiner Unzuverlässigkeit. Lola entgegnet ihr: »Ach, weißt du, Lia, wenn sich diese Tür für dich schließt, ist es wohl nicht die richtige.« Diese Worte schwingen in Lias Herz nach. Bis jetzt hat ihr das Leben wirklich immer eine neue Tür geöffnet. Sie sollte einfach loslassen und darauf vertrauen, dass die Liebe ihr einen wundervollen neuen Weg aufzeigen wird. Sie sind so vertieft in ihr Gespräch, dass sie gar nicht mitbekommen, was um sie herum geschieht.

Plötzlich knallt eine von jahrzehntelanger Arbeit gezeichnete Hand einen Bierkrug zwischen die beiden auf die Theke und holt sie wieder ins Hier und Jetzt. Das goldgelbe Getränk schwappt über. Erschrocken blicken Lola und Lia auf und weichen zurück. Sie drehen sich um und sehen einen alten buckligen Fischer. Sein Gesicht ist von Sonne, Wind und Wetter geprägt. Tiefe Falten ziehen in seinem Antlitz ihre Linien, als würden sie eine Geschichte erzählen wollen. Er wirkt wie eine tragische Figur aus alten Erzählungen, beängstigend und liebenswert zugleich. Seine verblichene Kapitänsmütze ist völlig verrutscht und bedeckt nur notdürftig seine zerzausten, grauen Haare. Mit rauchiger Stimme lallt er:

»Mayday, mayday ... mono, mono ... di«, und zeigt mit einem dicken Finger ungläubig auf die beiden.

»Was?«, fragen die Mädchen gleichzeitig.

»Zwei, zwei, wer hätte das gedacht, man glaubt es kaum, man glaubt es kaum, die Zeit ist gekommen. Der Stein des Schicksals ist gefallen, er zieht seinen Kreis, und die Kreise werden immer größer. Die Welle erhebt sich im Wind und viele Wellen werden brechen.«

»Wovon sprechen Sie, bitte?«, will Lola wissen. Der Kapitän reißt seine graublauen Augen weit auf, denn in seinem Kopf läuft ein Film ab.

»Von allen Seiten, Wasser überall, Wasser – Wasser - Wasser, doch es lebt. Es gibt sie wirklich. Menschfisch, Fischmensch? Es glänzt, es schimmert in allen Farben des Regenbogens. So schön, so vollkommen. Vollkommene Liebe, vollkommen falsch! Biiiiiiiiiiiiiiiiiiep.«

Lia verdreht die Augen und nickt Richtung Ausgang. Lola, die sofort reagiert, zahlt und nimmt Lia an die Hand.

»Vielen Dank für das Gespräch, aber wir müssen leider weiter«, und beide gehen zur Tür.

Draußen erfrischt die kühle Nachtluft ihre Köpfe.

»Der war ja etwas neben der Spur, aber trotzdem auch sympathisch«, sagt Lola kopfschüttelnd.

»Du hast recht, verwirrt aber nett. Mal ehrlich, Lola, glaubst du nicht, dass es solche Wesen vielleicht wirklich geben könnte? Nur weil wir sie nicht sehen, bedeutet das ja nicht, dass sie nicht da sind.«

»Hm, meinst du wirklich?«

»Weißt du, was mir gerade auffällt Lola? Wir haben die gleichen Ketten.«

»Ja stimmt«, sagt Lola und blickt ungläubig auf die fast identischen Anhänger. »Ich bin ja mal gespannt, was wir noch alles für Gemeinsamkeiten entdecken werden.«, lacht Lola. Ohne dem noch weitere Beachtung zu schenken, winkt Lia ab.

»Wir sehen uns dann also morgen Früh? Ich bin um 9 Uhr bei dir.«

4

UND DIE REISE BEGINNT

*A*ls der Wecker klingelt, öffnet Lola mühsam ihre Augen. *Das kann ja nur ein schlechter Scherz sein*, denkt sie. Der Alkohol und der wenige Schlaf rächen sich jetzt. Ihr Körper versucht, sie mit aller Kraft im Bett zu halten. Doch die Vernunft siegt, denn heute beginnt der neue Lebensabschnitt, auf den sie so lange gewartet hat. Noch einmal rekelt sie sich, um sich danach mit einem kurzen Seufzer aus dem Bett zu schwingen. Lola taumelt - mit Vorfreude auf einen starken Kaffee - verschlafen die steile Wendeltreppe in die Küche hinunter.

Catelyn muss wohl schon in der Uni sein. Oder hat sie vielleicht gar nicht hier übernachtet? Lolas Blick schweift zur Küchenuhr.

Oh nein, es ist schon zehn vor neun. Mist, ich muss in meinem Rausch den Wecker falsch gestellt haben. Den Kaffee kann ich jetzt wohl vergessen. Schnell springt sie noch unter die eiskalte Dusche, um wieder einen klaren Kopf zu bekommen. Anschließend greift sie wahllos in ihren Koffer und wirft sich die nächstbesten Klamotten über. Sie nimmt ihre Tasche und geht zur Tür hinaus. Gerade in diesem Moment schießt Lia in ihrem Auto um die Ecke und kommt mit quietschenden Reifen neben Lola zum Stehen. Über die Unpünktlichkeit der jeweils anderen lachen beide erleichtert auf. Noch bevor Lola sich setzt, hält ihr Lia einen köstlich duftenden Becher Cappuccino entgegen.

»Du bist die Beste, kannst du Gedanken lesen?«

»Vielleicht«, zwinkert ihr Lia zu und zuckt mit ihren Schultern.

»Das kann ja nur ein gutes Jahr werden.«, strahlt Lola. Lia dreht die Musik laut auf und startet den Motor.

In voller Pracht erstrahlt die St. Marriot mit ihrer altertümlichen Fassade und ihren hohen Türmen in der Morgensonne. In Anbetracht der jungen Studenten, die sich vor den mystisch anmutenden Torbögen tummeln, kann man sich nicht vorstellen, dass diese Universität einst ein Kloster war.

Luke, ein klassischer Streber mit viel zu dicken Brillengläsern, schwarz gelocktem Haar, Cordhose und gestreiftem Hemd, versucht gerade, seine Bücher in seinen Rucksack zu packen. Als er aufblickt, sieht er einen schwarzen Mustang auf dem Parkplatz vorfahren. Er traut seinen Augen kaum, als er zwei Schönheiten aus dem Wagen aussteigen sieht. Alles geschieht wie in Zeitlupe. Die Haare des einen Mädchens sind schwarz wie die Nacht, die des anderen golden wie die Morgensonne. So gegensätzlich und doch so gleich. Man könnte sie für Wesen aus einer anderen Welt halten.

Oh Gott, sie kommen direkt auf mich zu. Verwirrt versucht er sich mitsamt seinen Büchern aufzurichten. Doch sofort rutschen diese inklusive seiner Brille zu Boden. Während er sich bückt, um sie aufzuheben, halten die zwei ihm schon seine Bücher und seine Brille hin.

»Oh, äh, vielen, äh ... danke.« Hastig setzt Luke seine Brille wieder auf.

»Kein Problem. Weißt du zufällig, in welchem Saal die Einführung für Meeresbiologie stattfindet?«, fragt Lola.

»Ja klar, äh, am besten geht ihr beim Eingang gleich rechts, äh, die Treppen, äh, ich meine doch geradeaus. Ach, ich begleite euch dorthin. Ich bin zufällig im selben Kurs.«

Jackpot, dieses Jahr bin ich nicht der Loser, dieses Jahr wird alles anders, denkt sich Luke, als er in Begleitung der beiden hübschen Mädchen die Uni betritt. Während sie die alte Marmortreppe hinaufgehen, betrachten alle drei bewundernd die Deckenmalereien aus vergangener Zeit.

Gerade noch rechtzeitig kommen sie in dem schon gut gefüllten Hörsaal an, sodass ihnen nur noch die erste Reihe zur Verfügung steht.

»Was haben wir jetzt eigentlich in der ersten Vorlesung?«, fragt Lia.

»Tiefseeigration bei Professor Ag...«, doch Luke wird unterbrochen, als der zerstreute Professor in den Saal stürmt. Er wirft seine alte, zerknautschte Lederaktentasche auf das Pult. Hektisch zerrt er seine Brille aus der Brusttasche seines Cordjackets. Er lässt seinen verstört wirkenden Blick über die neuen Studenten schweifen, abrupt bleibt dieser an Lia und Lola hängen, und er starrt beide unangenehm lange an. Der Professor räuspert sich und beginnt zu reden.

»Einige von euch sind hier, weil sie sich für Meeresbiologie interessieren. Bei anderen war es die Wahl der Eltern, und manche haben sich willkürlich für dieses Studium entschieden. Doch einige, einige wenige, wurden vom Schicksal hierhergeführt.« Mit diesen Worten blickt er wieder auf die zwei Mädchen. Beiden läuft ein kalter Schauer über den Rücken, als der seltsame Professor sie erneut anstarrt.

»Mein Name ist Prof. Dr. Agarius, ich werde Sie in die Geheimnisse der Meeresbiologie entführen. Mein Spezialgebiet ist die Tiefsee. Es wird nicht einfach werden. Ach ja, als kleinen Anreiz: Die zwei Besten beim Zwischentest dürfen mit mir und meinem Team auf die See. Dort dürfen sie an meinen Forschungen teilhaben. Ihr werdet staunen, was es dort unten alles gibt.«

»Ja«, sagt der Professor und zieht dabei das Wort auf unfreiwillig komische Weise in die Länge »die

Tiefsee. Die Tiefsee hat mich schon immer fasziniert, mit ihrer völligen Dunkelheit und ihren fremdartigen Wesen. Ihr habt nicht mal den Hauch einer Vorstellung, was dort unten alles existiert. So viele Fragen und Geheimnisse und so wenige Antworten. Gott sei Dank hat der Mensch noch nicht so viele Möglichkeiten, dorthin zu gelangen, sonst wäre die strahlende, aber dunkle Schönheit auch schon zu großen Teilen zerstört. Aber wir kommen vom Thema ab. Tiefseeigration bedeutet ...« Der Professor wird von Lukes schnippenden Fingern unterbrochen.

»Ja, bitte?«

Stolz über sein schon vorab gelerntes Wissen sagt Luke:

»Tiefseeigration wurde zum ersten Mal 1974 von dem Forscher Michael Horton betrieben. Es ist eine Mischung aus ...« Wütend knallt der Professor seine Fäuste auf Lukes Schreibpult. Er legt seinen Kopf schräg und kommt dem Jungen unangenehm nah. Der frischgebackene Student blickt den Professor angsterfüllt an und versinkt mit rotem Kopf in seinem Stuhl.

»Deine Lexikondefinitionen werden dich in meinem Kurs nicht weit bringen. Solche Klugscheißer wie dich habe ich hier schon oft genug kommen und gehen sehen. Tiefseeigration ist so viel mehr. Es erfordert Mut, Abenteuergeist und Intelligenz, um sie auch nur ansatzweise verstehen zu können. Nur wenige von euch besitzen diese Kombination. Eigentlich kann die Hälfte von euch gleich gehen. Bitte, meine Damen und Herren, hier ist die Tür.« Die Studenten tauschen irritierte Blicke aus und flüstern sich gegenseitig belustigende Bemerkungen über Agarius zu.

»Ruhe! Haltet den Mund! Wir beginnen jetzt mit dem Stoff.«

Nach einer zermürbenden ersten Stunde fragt Lia Lola:

»Hey, hast du irgendwas verstanden von dem, was der geschwafelt hat?«

»Nope, ich habe keinen Plan und nichts von dem kapiert, was Professor Durchgeknallt erzählt hat. Aber seine ganze Person löst ein ungutes Gefühl in mir aus. Das kann ja was werden!«

»Aber ich weiß, wer was werden kann«, mischt sich ein Mädchen mit rotem, gelocktem Haar aus der Reihe hinter ihnen ein und nickt verschmitzt Richtung Dozentenpult. Dort steht nun anstelle von Professor Dr. Agarius ein junger gutaussehender Mann Mitte dreißig. Er trägt ein weißes T-Shirt, das lässig in seiner Jeans steckt. Er wirkt sportlich und locker. Sein Gesicht ist freundlich und vertrauenserweckend. Er beginnt mit dem Unterricht.

»Mein Name ist Dan Miller, ich unterrichte Genetik, also auch alles, was mit Fortpflanzung in der Meeresbiologie zu tun hat.« Als der ganze Saal kichert, errötet Dan trotz seiner Bräune.

»Ja, ich weiß, klingt erst mal komisch, aber ihr werdet sehen, wie spannend es ist, wenn wir erst mal tief in diese Materie eindringen.« Wieder prustet der ganze Saal los. Dan atmet nochmal tief durch, lächelt über sich selbst und schüttelt seinen Kopf. Er startet einen neuen Versuch und hält seine Vorlesung, spannend und ohne weitere unfreiwillig zweideutigen Bemerkungen. Während Dan am Ende der Stunde die Unterlagen in seinen Rucksack legt, ruft das rothaarige Mädchen:

»Hey, Mister Miller, sind Sie heut Abend auch dabei?«

»Äh, bei was?«

»Bei unserer Erstsemesterparty natürlich. Sie wollen mich doch nicht enttäuschen?«

»Mal schauen«, antwortet Dan. Nach weiteren Vorlesungen der Meeresbiologie gehen Lia und Lola am späten Nachmittag zum Studentenwohnheim.

5

DIE PARTY

*A*ls Lia und Lola zum ersten Mal das Studentenwohnheim betreten, ist sofort klar, dass sie unbedingt ein gemeinsames Zimmer haben wollen. Zum Glück ist das bei der Anmeldung kein Problem. Sie kommen in das Zimmer mit der Nummer 333, sehen sich an und scheinen mal wieder das Gleiche zu denken. Ohne auch nur ein Wort sagen zu müssen, schnappen sich die zwei ihre Taschen und machen sich auf, um Deko für ihr vorübergehendes Zuhause zu kaufen.

Nach einer kurzen, aber effektiven Shoppingtour in der Mall machen sie sich daran, ihr Zimmer zu verschönern.

Das Zimmer ist nur etwa 20 m² groß. Es ist ein einfacher, farbloser Raum, doch schon nach kurzer Zeit haben es die Mädchen in eine liebliche, persönliche Ruhe-Oase verwandelt. Im Zimmer befinden sich zwei simple Betten, die in jeweils einer Ecke des Raumes stehen. Lola und Lia haben sich Himmelbetten gebaut, indem sie einen weißen zarten Stoff mit Lichterketten an der Zimmerdecke angebracht haben. Zwischen den Betten und den Nachtkästchen ist ein großes Fenster, das einen Blick auf eine wundervolle alte Eiche bietet, deren Äste bis zu ihrem Fenster reichen. Der mächtige Baum steht am Rande des historischen Innenhofes. Neben ein paar kleinen Grünpflanzen haben die zwei auch eine große Vase mit frischen Lilien aufgestellt.

»Oh Mann, was für ein Tag!«, seufzt Lola.

»Ja, das kannst du laut sagen. Ich bin so müde.«

»Dann schlafen wir erst mal eine Runde, bevor wir in die Party starten«, lacht Lola.

»Gute Idee«, antwortet Lia. Beide lassen in Gedanken die verrückten Eindrücke des ersten Tages noch einmal Revue passieren und schlafen dann erschöpft ein.

Luke nimmt all seinen Mut zusammen, um die Mädchen für die Party abzuholen.

Welche Zimmernummer haben die nochmal? Es war irgendwas Einfaches: 111, ne 444, 303? Ach ja, 333. Am Ende des langen Flurs angelangt, wundert er sich: *Warum ist die Tür leicht geöffnet?* In diesem Moment huscht eine schwarze dreibeinige Katze aus dem Zimmer. Luke traut seinen Augen kaum. Einen Augenblick später wird die Türe von Lola, die nur mit einem Handtuch bekleidet ist, vollständig aufgerissen.

»Hey Luke, du bist aber früh dran. Komm rein, wir brauchen noch ein bisschen. Mach's dir bequem!«

Als er den Raum betritt, versucht er nervös, seinen Blick von Lola abzuwenden und setzt sich auf einen Stuhl. Dabei bemerkt er, dass auch Lia, die gerade etwas aus dem Kleiderschrank heraussucht, nur mit einem Handtuch bekleidet ist. Beide verschwinden im Badezimmer, um sich fertig zu machen.

Oh mein Gott, ich verdränge jetzt einfach mal die Tatsache, dass die beiden fast nackt sind. Und dass ich gerade eine dreibeinige Katze gesehen hab, vergesse ich auch besser. Sonst halten die mich noch für einen kompletten Vollidioten. Wäre ja nicht das erste Mal, denkt sich Luke.

Als die drei auf der Party eintreffen, ist sie bereits in vollem Gange. Das Haus, das eher einer Villa gleicht, befindet sich inmitten der Hollywood Hills. Vor der Garage parkt ein neuer schwarz-glänzender Mercedes, in dem ein Pärchen wild rummacht. Der Rasen des Vorgartens dient ein paar angetrunkenen Jungs als Golfplatz. Anstelle von Golfbällen schlagen sie jedoch riesige Wasserbälle durch die Luft. Luke ist nervös.

»Oh Gott, wo sind wir denn hier gelandet?«

Lia und Lola antworten wie abgesprochen:

»Wieso, ist doch perfekt?« Laute Musik dröhnt vom gesamten Grundstück. In dem Moment, als sie die Türschwelle betreten, wird die Tür von innen geöffnet.

»Hi Ladys, ich bin Ryan, der Gastgeber. Immer reinspaziert!« Luke ignoriert er dabei völlig. Der gutaussehende, trainierte Typ zeigt sofort sein offensichtliches Interesse an Lola.

»Du bist mir heute in der Uni schon aufgefallen.« Er zwinkert ihr zu. Lola errötet leicht und wendet ihren Blick ab.

»Ich bringe euch gleich zur Bar.« Er nimmt Lola an die Hand und führt sie durch das luxuriöse Haus. Lola blickt hilfesuchend nach hinten und sieht beruhigt, dass Lia nah bei ihr ist. Der tiefe Bass der Housemusic lässt alle Körperzellen vibrieren. Überall sind junge Leute, die ausgelassen ihre verschwitzten Körper rhythmisch zur Musik bewegen. Auf einem weißen Flügel liegt ein Mädchen, das nur einen Bikini trägt und von dessen Körper ein Junge gerade einen Shot schlürft. Ryan nickt verschmitzt in Richtung Klavier.

»So habe ich mir meinen Feierabenddrink aber nicht vorgestellt«, sagt Lola und beißt sich dabei verlegen auf die Unterlippe. Ryan zieht sie ganz nah an sich heran und flüstert ihr ins Ohr:

»Aber später vielleicht.« Wieder errötet Lola und versucht Ryans enger Umarmung auszuweichen.

Auf der Terrasse angekommen sind die Mädchen

fasziniert von der pompösen Aufmachung der Bar. Der Boden ist aus weißem Marmor. In die Bar, die aus Glas besteht, sind kleine Bildschirme integriert, über die die Gäste miteinander chatten können. Hinter der Theke erstrahlt ein riesiges Om-Zeichen in blauem Licht. Ryan deutet seinem besten Freund Jason, dass er die zwei attraktiven Mädchen, die ihnen heute morgen schon in der Uni aufgefallen sind, bei sich hat. Sogleich eilt Jason mit vier Mochitos herbei. Lia starrt auf das eigenartige Getränk, denn in jedem Mochito befindet sich eine eisblaue Kugel.

»Was ist das?«

»Jason.«

»Hä, was ist ein Jason?«

Jason lacht und antwortet mit einem Handkuss.

»Nein, ich bin Jason, meine Hübsche.«

»Okay. Ich bin Lia.«

»Ich weiß«, antwortet Jason. »Und die blaue Kugel in deinem Getränk ist übrigens pures Glück.« Lia schiebt das Glas skeptisch zur Seite.

»Nein, keine Sorge, nicht was du meinst, das ist nur gefrorener Curacao.«

»Na dann auf heute Abend, so jung kommen wir nicht mehr zusammen.« Mit diesen Worten hebt Ryan sein Glas und alle vier stoßen an. Die Kugel schmilzt nach wenigen Sekunden prickelnd auf der Zunge und schmeckt bittersüß nach Orange.

»Mmh, ist der gut«, schwärmt Lia.

»Du kannst von allem noch ein bisschen mehr haben«, zwinkert ihr Jason zu.

Luke steht etwas abseits und beobachtet genervt das Geschehen.

Mann, solche arroganten Idioten. Was die Mädchen bloß an denen finden. Was die wollen, ist doch eh offensichtlich. Ah, da ist ja Mr. Miller. Den werde ich gleich mal über die Klausuren ausquetschen. Zielstrebig geht er zu Dan.

Ryan, Lola, Lia und Jason unterhalten sich angeregt.

»Für was sind eigentlich die kleinen Bildschirme in der Bar?«, fragt Lola.

»Die sind zum Chatten für besonders Schüchterne, aber das ist ja bei uns beiden nicht der Fall, oder?« Zum ersten Mal mustert Lola ihn nun genauer. Seine schwarzen Haare fallen ihm seitlich ins Gesicht. Er ist braungebrannt. Seine schönen Augen mustern sie spitzbübisch von oben bis unten. Sein ganzes Erscheinungsbild lässt auf südländische Wurzeln schließen.

Er ist echt süß, denkt Lola und fragt:

»Wo kommst du her, ich meine ursprünglich?«

»Meine Familie stammt aus Bari, das liegt in Italien. Wir haben dort ein großes Anwesen mit Privatstrand. Wenn Sie wollen, Signorina, kann ich Sie einmal dorthin entführen.«

»Das hört sich doch gut an«, mischt sich Jason ein, »die ersten Semesterferien sind also geplant.« Als die nächste Runde Cocktails vor ihnen steht, hebt Ryan erneut sein Glas.

»Also auf Bari?« Lia und Lola strahlen sich an.

»Auf Bari!« Die Jungs führen die Mädchen auf die erweiterte gläserne Tanzfläche in der Mitte des Pools. Als die Mädchen zu tanzen beginnen, wissen die Jungs gar nicht mehr, wo ihnen der Kopf steht, und ihre Hormone drehen durch. So nimmt die Party ausgelassen ihren Lauf. Langsam wird die Tanzfläche immer voller und voller. Die beiden Jungs drängen sich zwischen Lia und Lola, um ihre Aufmerksamkeit zu erlangen. Jason und Ryan lassen nichts anbrennen und gehen auf vollen Körperkontakt. Sie tanzen zu den heißen Rhythmen in der noch heißeren Nacht.

Dan, der mit Luke inzwischen am Poolrand steht, beobachtet, wie ein offensichtlich betrunkenes Mädchen den Boxenturm hinaufklettert, um dort zu tanzen.

»Ob das wohl gutgeht?«, fragt er Luke und deutet nach oben. Nur einen Augenblick später verliert das Mädchen auch schon das Gleichgewicht und bringt so die riesigen Boxen ins Wanken. Während sie noch den Absprung in den Pool schafft, stürzen die Lautsprecher mitsamt der schweren Lichtanlage auf die gläserne Tanzfläche. Diese splittert und bricht sofort unter der schweren Last zusammen. Panisch schafft es der Großteil der Leute, sich auf festen Boden zu retten. Die anderen stürzen mit den Trümmern in den Pool. Als die Elektronik mit dem Wasser in Berührung kommt, bricht das Stromnetz auf dem gesamten Grundstück zusammen. Plötzlich ist es vollkommen dunkel. Überall hört man hysterische Schreie. Voller Angst versuchen die Leute, unbeholfen aus dem Pool zu klettern.

»Luke, schnell, ruf einen Rettungswagen!«, schreit Dan und eilt zu den Verletzten, deren Blut den weißen Marmorboden bedeckt. Einige Partygäste ziehen Verwundete vom Pool weg. Andere ergreifen aus Angst vor der Polizei die Flucht. Ryan und Jason steht das Entsetzen ins Gesicht geschrieben. Sie konnten sich rechtzeitig in Sicherheit bringen und haben sich nur ein paar Schürfwunden zugezogen.

»Oh mein Gott, meine Eltern werden mich umbringen!«, stammelt Ryan.

»Das ist doch jetzt völlig unwichtig. Keiner konnte ahnen, dass es in einer solchen Katastrophe endet. Jetzt können wir nur hoffen, dass niemand schlimmer verletzt wurde. Wo sind eigentlich Lia und Lola?«, fragt Jason.

Dan, der ein bewusstloses Mädchen im Pool entdeckt, springt sofort ins Wasser. Regungslos treibt sie auf der Wasseroberfläche. Es ist jenes Mädchen, das zuvor die Boxen ins Wanken gebracht hatte. Als Dan versucht sie zu bergen, bemerkt er, dass eine tiefe Wunde in ihrem Rücken klafft. Vorsichtig zieht er sie an sich und schwimmt mit ihr zum Becken-rand. Als er sie herausträgt, hört er zum Glück schon die Sirenen des Rettungswagens. Vorsichtig legt er sie auf eine Poolliege. Nur wenig später sind die Rettungskräfte vor Ort. Die Hektik legt sich durch die

Anwesenheit der Sanitäter, die in kurzer Zeit die Situation unter Kontrolle haben. Schon bald darauf sind alle Verwundeten versorgt.

Die Wasseroberfläche ist inzwischen vollkommen ruhig. Nur ein paar Mondstrahlen erhellen die Trümmer, die teilweise aus dem Wasser ragen. Keiner ahnt, welches Drama sich unter der Wasseroberfläche abspielt.

Lola erwacht in einer anderen Welt.

Tiefblaues Wasser, Sonnenstrahlen, die sich darin brechen und wie unzählige Diamanten schimmern. Wohlige Wärme umgibt sie.

»Komm zu mir, komm zu mir, kleine Alima«, haucht eine liebliche Stimme. Zarte, kristallklare Klänge einer lieblichen Musik umgeben Lola.

Wo bin ich? So vertraut und doch so fremd. *Was ist das?* Etwas Schwarzes gleitet sanft durch die Wogen des Wassers. Es ist umgeben von glitzerndem Licht, das in allen Grüntönen strahlt. Hoffnung, unendliche Liebe und grenzenloses Glück machen sich in ihr breit. Plötzlich streckt sich ihr eine Hand entgegen. Sie schimmert in zartem Grün und Violett. Lola greift nach ihr. Doch ... kann das wirklich sein? Ihre eigene Hand erstrahlt in den gleichen Farben. Im selben Moment, als Lia Lolas Hand ergreift, durchfährt sie ein greller Blitz, der aus ihren Anhängern zu kommen scheint. Geblendet von dem hellen Licht versucht Lia mühsam ihre Augen zu öffnen. Eine innere Ruhe erfüllt sie. Überall um Lia herum tanzen kleine bunte Luftblasen.

Lola? Ist sie es? Sie sieht so verändert aus. Ein lauter Knall holt die beiden wieder in die kalte Realität zurück. Die wundervolle warme und strahlende Welt verschwimmt vor ihren Augen. Voller Entsetzen bemerken sie, dass sie beide unter den tonnenschweren Trümmern der Bühne im Pool eingeklemmt sind.

Oh Gott, was sollen wir nur tun? denkt Lola, die ein panikartiges Gefühl ergreift.

Lola, ich weiß nicht warum, aber ich kann deine Gedanken hören, bleib ruhig, wir schaffen das, du bist nicht allein, hört sie Lias Stimme in ihrem Kopf sagen. Verwundert über diese Tatsache blickt Lola zu Lia, dabei bemerkt sie, dass Lias Beine unter der riesigen Box eingeklemmt sind.

Lia, deine Beine! Wir müssen dich schnellstens befreien. Lola versucht die schwere Box von Lias Beinen zu schieben, dabei stellt sie erstaunt fest, wie leicht ihr das fällt. Lola packt Lia an der Hand und zieht sie mit sich nach oben.

Lia und Lola tauchen in der Mitte des Pools aus der dunklen Wasseroberfläche auf. Umgeben von einem schimmernden Licht wirken sie wie übernatürliche Wesen. Am Beckenrand angekommen, stürmt Luke zu den beiden.

»Unmöglich! Ihr könnt doch nicht solange unter Wasser gewesen sein!«

6

SEELENWANDLER

*S*eit Jahrhunderten erzählt man sich die sagenhaften Geschichten über die Zaranen mit ihren todbringenden Gesängen. Sie sind halb Fisch und halb Frau. Mit ihren verführerischen weiblichen Gestalten und ihren betörenden Stimmen ködern sie Seefahrer, ziehen sie unter Wasser und damit in ihr Verderben. Wenn sich die Seemänner dort mit ihnen vereinen, verlieben sie sich sofort unsterblich in die schönen Geschöpfe. Die Zaranen stellen sie danach vor eine schwerwiegende Entscheidung: Entweder die Seefahrer treten der Unterwasserarmee der Norwes bei und bleiben so für immer mit ihnen verbunden oder sie müssen eines grausamen Todes sterben. Die meisten Seefahrer entscheiden sich für die Armee. Kommt es jedoch einmal vor, dass sich einer der Seemänner gleich für den Tod und somit gegen die Zarane entscheidet, ist dies für die Zarane eine so große Schmach, dass sie sich selbst in den Tod stürzt. Über die Jahrhunderte gab es immer weniger Kriege in der Unterwasserwelt, dadurch hatten die Armee der Norwes und die Zaranen keine Aufgabe mehr. Die Armee löste sich auf und die Zaranen verschwanden in unbekannte Gewässer. Kaltherzig ließen sie ihre Kinder alleine zurück. Niemand weiß, was aus den verlassenen Zaranenkindern geworden ist.

Yarus, der Herrscher des Wassers, erahnte die verborgenen Kräfte der Zaranenkinder. Daher nahm er zwei der Findlinge, Kyle und Adrian, bei sich auf und lehrte sie seine Fähigkeiten. Bald erkannte er, dass deren Kräfte die der Zaranen bei weitem übertrafen. Mittels Telepathie konnten sie die Gedanken anderer stark manipulieren. Somit hatten sie den Schlüssel zur Seele und konnten sie in jegliche Richtung lenken. Daher nannte man sie auch Seelenwandler.

Des Weiteren war es ihnen möglich, eine menschliche Gestalt anzunehmen und an Land zu leben.

Ihre Schönheit und ihre anziehenden Stimmen haben sie von ihren Müttern geerbt.

Als Maikula, der Weise des Rates, verbannt wurde, witterte Yarus seine Chance auf dessen Platz. Da er wusste, dass dies nicht rechtens war, rüstete er sich insgeheim für einen Kampf und plante, die Armee der Norwes auf ein Neues zu erheben. Er gab

Kyle und Adrian den Auftrag, Menschen für seine Armee zu rekrutieren, die so grausam und brutal wie nie zuvor werden würde.

Sie sollten dort zu suchen beginnen, wo die finstersten Menschenseelen eingesperrt waren. Seelen, die ihre Gräueltaten nicht bereuten und bereit waren, alles für ihre Freiheit zu geben.

Adrian und Kyle leben bereits seit einem Jahr unter den Menschen. So können sie deren Verhaltensweisen genau studieren und bestmöglich manipulieren.

Es ist Freitagmorgen, als die Seelenwandler ihre Mission vor dem Hochsicherheitsgefängnis von Comodaz starten. Es befindet sich auf einer kleinen Insel mitten im Meer.

Auch wenn das Comodaz Gefängnis als eines der sichersten der Welt gilt, genügt ein telepathischer Blick von Kyle in die Überwachungskamera, und schon öffnet sich das äußere Haupttor. Ein hochgewachsener, hagerer Typ mit Schnauzbart stellt sich arrogant vor sie und versperrt ihnen den Weg.

»Das ist das Gefängnis von Comodaz, um hier hineinzukommen brauchen Sie eine Genehmigung von ganz oben, Gentlemen.«

»Guten Tag, wir sind Anwälte der Fremdenlegion. Wir würden gerne mit einem Ihrer Insassen verhandeln. Dafür haben wir natürlich eine Sondererlaubnis.« Adrian streckt dem Wärter eine Hand entgegen.

In dem Moment, als er sie ergreift, beginnt Adrian, dessen Gedanken zu manipulieren.

Du wirst uns jetzt durch alle Sicherheitsbarrieren führen und uns keine weiteren Probleme bereiten. Sobald wir weg sind, wirst du dich nicht mehr an uns erinnern.

Wie in Trance setzt sich der Wärter in Bewegung und deaktiviert sämtliche Sicherheitssysteme.

Nachdem sie im Trakt mit den Einzelzellen angelangt sind, durchforsten Kyle und Adrian die finsteren Gedanken der Insassen. Schnell wird klar, welche Psychopathen die schlimmsten Mordgedanken haben und so am besten für die Armee der Norwes geeignet sind.

Sie kommen vor einer Zelle zum Stehen. Der Wärter öffnet sie sofort. Auf dem Boden sitzt ein riesiger Mann, dessen volle Größe sich erst offenbart, als er aufsteht. Sein Kopf ist von einer großen Narbe entstellt, die sich quer über sein Gesicht und über seine Glatze zieht. Seine Augen sind blutunterlaufen, auf seinem sehnigen Hals ist eine verwaschene Tätowierung zu sehen.

Mit einer kaum hörbaren, aber rauen Stimme beginnt er zu sprechen: »Was wollt ihr?« Kyle stellt sich vor den Verbrecher.

»Wir bieten dir die Freiheit an. Komm mit uns und du musst diesen Ort hier nie wiedersehen.«

»Ich würde alles tun, um diese Hölle endlich verlassen zu können!«

»Du wirst mit uns zur See fahren und der Fremdenlegion beitreten. Durch den Kampf erlangst du deine Ehre zurück und wirst ein freier Mann sein.«

»Wo muss ich unterschreiben?«, willigt der Verbrecher sofort ein. Adrian schiebt ihm einen Vertrag zu, den der Mörder sofort an sich zieht und ohne zu lesen setzt er seinen Namen darunter. So arbeiten sich die Seelenwandler von Zelle zu Zelle und rekrutieren einen Gesetzesbrecher nach dem anderen für Yarus' dunkle Armee.

Nachdem sie ihre Mission erfolgreich beendet haben, verlassen Adrian und Kyle das Gefängnis.

»Ach, die Menschen sind so dumm«, lacht Kyle.

»Ja, und so leicht zu beeinflussen. Ich dachte nicht, dass dieser Auftrag so einfach werden würde«, entgegnet Adrian.

In der Nacht der Entlassung werden alle neu ange-worbenen Soldaten mit Bussen in die Irukandji Bay gebracht und dort zurückgelassen, um ihren Dienst in der Fremdenlegion anzutreten. Als die Lichter der Fahrzeuge vollständig verschwunden sind, können selbst die Sterne diese düstere Nacht nicht erhellen. Himmel und Meer sind pechschwarz, bis auf einen Lichtpunkt auf dem Wasser. Adrian und Kyle bahnen sich ihren Weg durch die zwielichtigen Gestalten. Vor der Meute bleiben sie stehen und beginnen zu erklären:

»Das Licht, das ihr dort draußen auf dem Meer seht, ist unser Schiff, auf dem ihr euren Dienst ableisten werdet. Die erste Prüfung, um eure Tauglichkeit für die See zu beweisen, besteht darin, dass ihr dorthin schwimmen werdet«, sagt Adrian.

»Seid ihr denn wahnsinnig? Das sind ja mindestens vier Meilen!«, ruft einer der Insassen entsetzt.

»Willst du lieber wieder in dein Loch, wo dich die Ratten anfressen?«, droht Kyle dem Verbrecher mit düsterer Stimme.

»Worauf wartet ihr?«

Sogleich stürzen sich die Männer in das tiefschwarze Meer. Als wäre der Tod persönlich hinter ihnen her, schwimmen sie so schnell, wie sie können. Selbst die düstersten Seelen sind von Angst erfüllt. Nachdem einige der Männer die Hälfte der Strecke überwunden haben, schreit einer von ihnen auf:

»Was war das? Ich habe irgendwas an meinem Fuß gespürt!«

»Halt's Maul, du Feigling, schwimm einfach weit...«, in diesem Augenblick verschwindet der Mann mit einem Ruck unter der Wasseroberfläche. Panik breitet sich aus. Nacheinander wird Mann für Mann in die Tiefe gezogen.

»Was ist das für eine verdammte Scheiße? Ich will hier raus!« Ein paar der Männer versuchen, zurück an Land zu schwimmen, doch auch ihre Beine werden plötzlich von etwas gepackt und nach unten gerissen. Tentakel schlängeln sich an den Körpern hoch. Die Rekruten kämpfen um ihr Überleben. Schlagartig lassen die Tentakel ihre Opfer wieder frei und die erschöpften Männer sind wie erstarrt. Als sie unter Wasser ihre Augen öffnen, erblicken sie das kalte Grauen. Sie sind umzingelt von Massen großer schwarzer Quallen, deren Tentakel mit ihren giftigen Nesseln fluoreszierend leuchten. Die Quallen nähern sich einander immer mehr an und verbinden sich zu einer Einheit des Fürchtens. Sie umringen die erstickenden Männer, umkreisen sie, schweben auf und ab wie ein Karussell des Todes. Das personifizierte Böse rückt näher und näher. Dunkelheit, Angst, Stille. Kein Albtraum könnte schlimmer sein. Als der Tod zum Greifen nah scheint, zerfällt die Einheit wieder in ihre Individuen. Angriff! Ihre Tentakel heften sich wieder an die Verbrecher und drängen sich über Nase, Mund und Augen in das Innere der Männer. Ihre Organe werden durchbohrt und von den Nesseln vergiftet. Die Leichen der Männer treiben im Wasser. Es ist ein grausames Spektakel, welches die beiden Seelenwandler Kyle und Adrian voller Schaudern beobachten. Das Massaker ist beendet.

Plötzlich werden die leblosen Körper der Verbrecher von elektrischen Impulsen geschüttelt - ihre Verwandlung beginnt. Ihre Beine verbinden sich zu einem spitz zulaufenden Tentakel, ihre Haare verwandeln sich in giftige, todbringende Nesseln. Eine der Nesseln sticht schwarzlila hervor und geht in die Halsschlagader über. Ihre menschlichen Oberkörper werden von schwarzgrauen Adern mit geronnenem Blut durchzogen. Es ist vollbracht. Die Verbrecher sinken auf den Meeresgrund. Die ersten neuen Soldaten erheben sich mit dunkler Kraft, bilden eine Reihe, dann zwei, dann drei, dann vier. Der Meeresgrund bebt durch die Masse an Bösartigkeit. Die Blicke der Bestien starren emotionslos ins Leere. Bereit für Befehle, bereit für einen Krieg, bereit zum Töten. Eine neue Armee des Bösen erhebt sich in der Dunkelheit der Nacht.

Die Armee der Norwes.

7

FRAGEN ÜBER FRAGEN

$\mathcal{D}$ ie Sonne strahlt an diesem Morgen von einem tiefblauen Himmel herab. Durch das leicht geöffnete Fenster weht eine kühle Brise in das Zimmer der Mädchen und wiegt die Vorhänge sanft hin und her. Die schon leicht verfärbten Blätter der großen Eiche rascheln leise im Wind.

Lia erwacht mit einem ordentlichen Brummschädel. Dieser wäre wahrscheinlich ohne die frische Luft um einiges schlimmer.

»Mhhmmhhhh«, murmelt sie und rekelt sich im Bett. Die kühle Luft lässt sie die kuschlige Bettdecke bis unter ihre Nase ziehen.

»Guten Morgen, weißt du, wann wir heute Vorlesung haben?«, fragt Lola schlaftrunken.

»Hey, kannst du auch nicht mehr schlafen?«

»Nein, mir geht seit letzter Nacht so viel in meinem Kopf herum.«

»Ich weiß genau, was du meinst, aber lass uns erst mal in Ruhe frühstücken und dann über alles reden, unsere Vorlesung beginnt erst um 14:00 Uhr.«

»Gute Idee, aber ich brauche noch fünf Minuten, das Bett ist grad so schön warm...«

»Natürlich«, antwortet Lola lächelnd, die diese Angewohnheit von Lia inzwischen kennt. Während Lia noch die letzten Minuten eingekuschelt in ihre Bettdecke genießt, steht Lola trotz der kurzen Nacht mit viel Energie auf. Vor ihrem inneren Auge sieht sie noch unzählige Bilder vom Vorabend, die ihr immer wieder durch den Kopf geistern. Doch ihr Verstand kann sie nicht begreifen. Sie steigt unter die Dusche und dreht das Wasser auf die kälteste Stufe. Lola lässt das eisige Nass über ihren Kopf laufen, und für einige Minuten verschwinden die Bilder aus ihren Gedanken. Die Kälte belebt ihren Körper. Als sie die Augen öffnet, um nach dem Shampoo zu greifen, hält sie inne. Sie starrt auf ihren ausgestreckten Arm. Plötzlich kommt die Erinnerung an die schimmernden Farben wieder, die sie auf Lias und ihrem eigenen Arm gesehen hat. Sie muss unbedingt mit ihr darüber reden. Auch wenn sie nicht weiß, wie sie es sagen soll, ohne vollkommen verrückt zu wirken. Aber Lia und sie konnten sich doch unter Wasser verständigen, das kann sie sich doch nicht nur eingebildet haben. Lola schüttelt ihren Kopf und verschiebt die verwirrenden Gedanken für den Augenblick. Als sie erfrischt und angezogen aus dem

Badezimmer kommt, steht Lia nachdenklich am Fenster. Ihr Blick ist in die Ferne gerichtet, sie scheint mit ihren Gedanken weit weg zu sein. Dann verschwindet Lia im Bad.

Die beiden Mädchen gehen vom Campus in Richtung ihres Lieblings-Cafés und schlendern durch die Allee in der

Oakstreet. Auch wenn die Sonnenstrahlen durch das Geäst blinzeln, ist die kalte Brise vom Pazifik deutlich spürbar. Die Blätter um sie herum rascheln so laut, als wollten sie ihnen etwas zuflüstern. Die beiden genießen das herbstliche Naturschauspiel, scherzen herum und sehnen ihren köstlichen Kaffee herbei. Unbemerkt stehen sie unter der Beobachtung der dreibeinigen Katze, die auf einem der morschen Äste sitzt.

Im Café angekommen bringt ihnen Rosie sogleich ihren Spezialcappuccino mit Vanillenote und Zimt in Sternform auf dem Milchschaum.

»Na, meine Lieben, war wohl eine lange Nacht gestern?«.

»Das kannst du laut sagen, definitiv länger als geplant«, antwortet Lola und nippt an ihrem Cappuccino.

»Mein Kaffee hat schon so manchen Tag gerettet«, lacht Rosie und verschwindet wieder in der Küche.

Lola und Lia genießen Rosies mütterliches Umsorgen. So weit entfernt von ihren Familien ist dies ein angenehmes Gefühl. Vom ersten Tag an, als sie das Café entdeckten, war klar, dass dies zu ihrer morgendlichen Routine werden würde. Jedes Mal, wenn sie ankommen, setzt Rosie sich kurz zu ihnen an den Tisch, um den neuesten Klatsch auszutauschen. Danach serviert ihnen die Cafébesitzerin ihren Lieblings-Kaffee und schiebt ihnen eines ihrer köstlichen Gebäcke zu.

Doch an diesem Morgen ist es anders. Sie können die Ereignisse der letzten Nacht sicher nicht Rosie erzählen, die würde sie für verrückt erklären.

»Aber mal ehrlich, war schon echt schräg gestern«, sagt Lia und blickt nachdenklich aus dem Fenster.

»Ja, echt ein Wunder, dass wir es unbeschadet überstanden haben und jetzt hier sitzen können. Ich trau mich fast nicht zu fragen, aber war das mit den Farben unter Wasser echt oder ist mir etwas auf den Kopf gefallen?«

»Ich bin froh, dass du es ansprichst, ich dachte schon, ich bin verrückt. Also, ja ich habe es auch gesehen.«

»Was war das?«

»Ich weiß nicht. Aber ich fand es faszinierend und wunderschön. Und ich glaube, dass es etwas mit unseren Ketten zu tun haben muss. In dem Moment, als ich dich unter Wasser berührt habe, strahlte ein greller Blitz aus unseren Anhängern, zumindest kam es mir unter Wasser so vor. Woher hast du deine Kette eigentlich?« fragt Lia.

In dem Moment geht draußen auf der Terrasse ein Blumentopf zu Bruch. Beide wenden sich dem Fenster zu, sehen jedoch nur noch ein schwarzes Etwas vorbei huschen.

»War das etwa...?«

»Nein, das kann nicht sein«, winkt Lia ab.

»Also meine Kette habe ich schon solange ich mich erinnern kann. Meine Mutter hat mir immer erzählt, dass dies eine ganz besondere Kette sei und ich im Laufe meines Lebens erfahren werde, was sie bedeutet und woher sie stammt. Doch bevor sie es mir sagen konnte ... « Lolas Stimme beginnt zu zittern und ihre Augen werden glasig. »Lia, vielleicht hat es ja einen Grund, dass wir zwei uns begegnet sind, all die komischen Ereignisse, unsere gleichen Anhänger. Ist dir denn jemals zuvor etwas Ähnliches passiert?«

»Nein, noch nie. Ich kann es mir einfach nicht erklären. Mein Verstand dreht und wendet es, beleuchtet es von allen Seiten, doch ich finde keine logische Erklärung. Aber ich bin mir ganz sicher, dass unsere Begegnung etwas zu bedeuten hat«, antwortet Lia, die Lolas Trauer bemerkt hat. Sie steht auf, setzt sich neben Lola und nimmt sie in den Arm.

»Und wir haben auch kaum etwas getrunken. Oder meinst du, die blauen Kugeln im Getränk waren doch mehr als nur gefrorener Curaçao?«

»Nein, das kann ich mir beim besten Willen nicht vorstellen«

»Lia, denkst du wir sollten mit Luke drüber

reden, der weiß doch so viel. Vielleicht hat er schon einmal von so einem Phänomen gehört? Oder vielleicht finden wir im Internet etwas.«

»Lass uns austrinken und dann in die Bibliothek gehen. Vielleicht finden wir dort eine Antwort. Ansonsten recherieren wir im Internet.«

»Du hast recht.« Nachdem sie gezahlt und sich von Rosie verabschiedet haben, machen sie sich zielstrebig auf den Weg zur Universitätsbibliothek. Sie öffnen die alte Holztür und treten ein. Vor ihnen steht ein beeindruckend großer Eichentisch, an dem ein älterer Herr mit grauen Haaren sitzt. Er blickt auf. Die beiden Mädchen zeigen ihm ihre Studentenausweise. Er lässt seinen Blick kurz zwischen den Fotos und den Originalen hin und her schweifen und nickt dann wortlos zum Inneren der Bibliothek. Dort stockt ihnen erst einmal der Atem. Ein lautes »Wow« entkommt Lia, was der Bibliothekar mit einem bösen Blick missbilligt. Vor ihnen liegt ein riesiger Raum. Er sieht aus wie in einem Film. Die Decke ist mit Fresken verziert, die Szenen aus längst vergangenen Tagen zeigen. Die Regale aus dunklem Holz sind auf Hochglanz poliert. Überall sind kleine runde Holztische mit dunkelgrün gepolsterten Stühlen aufgestellt. Auf jedem Tisch steht eine Bankerlampe mit grünem Schirm und goldenem Sockel. Am heutigen Vormittag sind nur wenige Studenten hier. Es ist mucksmäuschenstill. Ehrfürchtig nähern sich Lola und Lia den uralten Büchern. Es sind viele Reihen an Regalen, die wiederum unzählige Mengen an Büchern beherbergen.

»Der Duft der Weisheit«, flüstert Lola und atmet den Geruch der alten Bücher ein. Lia tut es ihr gleich. Um die richtige Literatur zu finden, durchforsten sie zunächst einmal den Bibliothekscomputer. Konzentriert gehen sie die Buchtitel durch, als sie einen Mann bemerken, der sie durch die Regale hindurch beobachtet. Doch auch als sie ihn offensichtlich ertappt haben, bleibt sein Blick starr und misstrauisch auf sie gerichtet. Dann erkennen sie, dass es Professor Agarius ist. Die beiden grüßen ihn.

»Was will dieser Typ nur von uns?«, murmelt Lia leise.

»Ich habe keine Ahnung, aber er ist mir nicht geheuer.«

Es vergehen Stunden ohne auch nur eine Spur, die den Mädchen weiterhelfen könnte. Lia schlägt gerade ein weiteres Buch auf, als plötzlich eine unangenehme Stimme neben ihr erklingt.

»So so. Was lesen Sie denn da? Sie lernen wohl fleißig für Ihren Kurs. Oder ist es vielleicht noch etwas anderes, was Sie bewegt diese Bücher zu lesen, hm? Lassen Sie sich eines gesagt sein, meine Damen. Ich weiß viel. Sehr viel sogar.« Mit diesen Worten dreht sich Professor Agarius um und verschwindet hinter den Bücherregalen.

»Was war das denn jetzt schon wieder? Der wird ja immer unheimlicher«, sagt Lia mit angewidertem Blick. Als Lola Agarius fragend hinterher sieht, bemerkt sie erschrocken, dass der Zeiger auf der Bibliotheksuhr schon kurz vor 14:00 steht.

»Schnell, Lia! Wir müssen uns beeilen. Die Vorlesung beginnt gleich.« Entschlossen stecken sie heimlich die Bücher in ihre Rucksäcke und stehlen sich unbemerkt an dem Bibliothekar vorbei.

8

IM CLUB

*L*uke ist mal wieder bei Lia und Lola im Zimmer und führt eine hitzige Diskussion mit den beiden - Luke versucht sie zu überzeugen, doch noch für die Prüfung zu lernen.

»Luke, versteh doch, Agarius ist völlig durchgeknallt, mit dem möchten wir auf keinen Fall auf einem Boot inmitten des Ozeans schippern. Du hättest sehen sollen, wie merkwürdig er uns wieder in der Bibliothek beobachtet hat. Und findest du es nicht komisch, dass er diese Prüfung, die er eigentlich Mitte des Semesters schreiben wollte, auf einmal vorzieht? Mit diesem Typ stimmt irgendetwas nicht.«

»Aber überlegt doch, so seltsam Agarius auch erscheinen mag, so eine einmalige Chance, die Tiefsee zu sehen, und noch dazu in Begleitung eines so erfahrenen Meeresbiologen, kommt nie wieder.«

»Du hast doch selbst gesehen, wie komisch er auf

uns reagiert. Nein, unsere Entscheidung steht fest: Wir wollen uns auf keinen Fall mit der Prüfung für die Expedition qualifizieren. Lia, was ist mit dir los? Du bist so still und ganz blass.«

»Ich weiß auch nicht, mir ist auf einmal eiskalt.« Als Lola Lias Arm berührt, spürt auch sie ihre Eiseskälte.

»Wow, was ist denn mit euren Anhängern los?«, fragt Luke und deutet auf ihre Halsketten. Beide blicken auf den Anhänger der jeweils anderen und erstarren. Die identischen Amulette beginnen zu strahlen. Beide Mädchen umfassen ihre Ketten, die sie von Geburt an tragen. Die Amulette ziehen sich an wie Magnete und werden schließlich eins. Beide Hälften bilden nun eine Kugel, die den Raum mit hellem Licht erfüllt. Luke schützt seine Augen mit einer Hand. Als das Licht erlischt, senkt er die Hand und merkt voller Verwunderung, dass er alleine im Raum ist. Noch während Luke ansetzt, um nach den beiden zu rufen, klopft es laut an der Tür. Vorsichtig öffnet er sie. Zwei Männer, deren Gesichter in die Schatten ihrer dunklen Kapuzen gehüllt sind, stoßen ihn zur Seite und stürmen ins Zimmer. Adrian packt Luke und drückt diesen mit einem Unterarm gegen die Wand.

»Bist du alleine?«, fragt er mit tiefer Stimme. Luke, der ahnt, dass er diesen unheimlichen Gestalten lieber nicht die Wahrheit sagen sollte, lügt Adrian ins Gesicht.

»Äh, ja, ich bin allein.« Kyle packt Lukes Arm,

Luke versucht sich vergeblich gegen die Brutalität zu wehren und ruft laut nach Hilfe. Kyle hält ihm daraufhin mit der anderen Hand den Mund zu. Adrian zückt ein Messer und ritzt Luke die Haut seines Unterarmes auf. Aus dem Schnitt rinnt sofort rotes, menschliches Blut.

»Er ist es nicht, suchen wir weiter«, sagt Kyle, der auf blaues Blut gehofft hatte und somit denjenigen gefunden hätte, nach dem sie suchen. Er streicht mit seiner Hand über die Wunde. Diese ist Sekunden später vollständig verheilt. Adrian drückt seine Finger an Lukes Schläfen, flüstert etwas Unverständliches und lässt anschließend Lukes bewusstlosen Körper zu Boden gleiten. Die beiden düsteren Gestalten verlassen den Raum. »Ich war mir so sicher die Bedrohung hier gespürt zu haben«, sagt Adrian und schlägt wutentbrannt die Türe hinter sich zu. Dabei segelt ein Plakat zu Boden, das an der Tür hing.

»Ich glaube, ich weiß, wo wir die Bedrohung finden werden«, sagt Kyle selbstzufrieden und deutet auf das Plakat der Uni-Halloweenparty, die heute Abend stattfinden soll. Sofort machen sie sich auf den Weg in den Club.

Zur selben Zeit befinden sich Lola und Lia plötzlich in einer anderen Welt. Vorsichtig öffnen sie ihre Augen.

»Wo sind wir?«, fragt Lia.

»Ich weiß nicht, aber es ist wunderschön«, sagt Lola und streicht dabei über das weiche, tiefgrüne Moos, das den Waldboden überzieht. Der Wald ist eine Mischung aus Märchenwald und Dschungel. Sowohl riesige alte Eichen und Tannen als auch Farne, Palmen und Lianen bilden an diesem Ort die perfekte Harmonie. Einzelne Sonnenstrahlen finden ihren Weg durch das Geäst und verbreiten eine angenehme Wärme. Sanfte, zarte Klänge tanzen durch die Luft. Ein angenehmer Duft von Tannenzapfen, Zedernholz und Vanille erfüllt die Sinne der Mädchen. Sie fühlen sich in ihre Kindheit zurückversetzt und erkunden den Wald mit der Neugierde einer Kinderseele. Bei jeder Berührung der Pflanzen strömen ihnen neue Gerüche entgegen, und die Farben werden noch intensiver. Es ist, als könne man die Essenz des Lebens wahrnehmen. Ein lautes Geräusch wie das Knallen einer Tür hallt durch den Wald, und alles um sie herum beginnt zu verschwimmen. Einen Wimpernschlag später befinden sie sich wieder in Zimmer 333.

»Oh Mann, was war das schon wieder?«, fragt Lola.

»Ganz ehrlich, ich beginne langsam wirklich an Magie und alles, was damit zusammenhängt, zu glauben. Denn es kann nicht sein, dass wir *beide* uns das einbilden.«

»Ja, ich weiß genau, was du meinst. Würde ich dies alles nur alleine sehen, würde ich glauben, ich werde verrückt. Denkst du, andere Menschen können diese andere wundervolle Welt auch sehen?«

»Ich weiß es nicht. Doch ich hätte es niemals für möglich gehalten, dass so etwas Wunderschönes wirklich existiert. Und es muss mit unseren Ketten zu tun haben. Ist es nicht eigenartig, dass wir völlig unterschiedlich aufgewachsen sind und beide identische Ketten haben? Ich meine, ich habe wirklich keine Ahnung, wo sie herkommt, denn mein Vater hat mir immer erzählt, dass ich sie wenige Tage nach meiner Geburt plötzlich um den Hals hatte und sie die Kette so wundervoll fanden, dass sie sie mir ließen.« Nachdenklich betrachten beide ihre Hälfte des Amulettes.

»Wo ist eigentlich Luke?« In diesem Moment klopft jemand hektisch an die Tür. Beide erschrecken. Lia öffnet vorsichtig die Tür. Sofort drückt sich Sandra, das rothaarige Mädchen, durch den Spalt.

»Was ist los mit euch? Happy, happy Halloween euch zwei. Heute ist Party, ihr wisst schon, Süßes, sonst gibt's Saures. Ihr müsst mich dorthin begleiten. Bitte, bitte, bitte!«

»Oh, das haben wir ganz vergessen«, sagt Lia, die beruhigt ist, dass es nur Sandra war, die als Geist verkleidet an ihre Tür geklopft hat.

»Ja, wir waren ja auch gerade, ähm, noch ganz woanders und außerdem sind wir noch nicht maskiert«, lacht Lola.

»Aber jetzt seid ihr hier, und ob ihr nun

verkleidet seid oder nicht, ist doch völlig egal, die meisten werden nicht maskiert sein.

»Es tut uns wirklich leid, aber wir müssen dringend Luke finden« entschuldigt sich Lia.

»Luke? Der ist doch schon längst auf der Party«, flunkert Sandra. Verwundert darüber blicken sich Lola und Lia an. Doch da sie unbedingt mit Luke über den Vorfall sprechen müssen, gehen sie mit Sandra los.

Adrian und Kyle sitzen an der Bar des Clubs, in dem die Halloweenparty stattfindet. Mit ihrer düsteren Erscheinung fallen sie auf dieser kaum auf.

Auch nach längerer Zeit des Wartens haben sie keine auffällige Energie gespürt, die auf die Bedrohung hinweisen könnte.

»Ich glaub nicht, dass wir heute noch fündig werden«, sagt Kyle. Adrian, der schon einige Zeit auf die Tanzfläche starrt, antwortet gedankenverloren: »Vergiss doch mal für einen Abend den Auftrag!«, erwidert er und nickt zu einem wunderschönen Mädchen. Kyle folgt Adrians Blick.

»Ah, jetzt verstehe ich dich«, sagt er und grinst. Adrian ist fasziniert von ihrer einzigartigen Ausstrahlung, ihren anmutigen Bewegungen und ihrer Schönheit.

»Ich geh mich jetzt mal amüsieren, genug gearbeitet für heute«. Mit diesen Worten steht Adrian entschlossen auf und geht zielstrebig auf das Objekt seiner Begierde zu. Der tiefe Bass der Musik erfüllt den Raum.

Lia bemerkt den stillen, hübschen Bewunderer hinter Lola. Augenzwinkernd sagt sie:

»Ich geh uns mal was zu trinken holen und suche weiter nach Luke.« Dann verschwindet sie in Richtung Bar. Lola schaut verwundert auf ihre fast volle Bierflasche, tanzt aber dann unbeschwert weiter. Beim Tanzen ist sie immer ganz sie selbst, kann jegliche Schüchternheit ablegen und sich selbstbewusst zu den Klängen der Musik bewegen. Plötzlich spürt sie eine fremde Energie hinter sich und bemerkt einen durchdringenden Blick, der auf ihr ruht. Schon im nächsten Augenblick legen sich zwei große Hände um ihre Hüften. Kurz zuckt sie zusammen und will sie wegstoßen, doch als sich ihre Hände berühren, fühlt sie eine intensive Verbindung. Lola lässt die Berührung zu. Der Mann ist ihr so nah, dass sie dessen Atem in ihrem Nacken spüren kann. Ihre Bewegungen werden eins. Langsam wandert seine Hand unter ihr Top auf ihren Bauch und drückt sie enger an sich. Lola wird es dabei immer wärmer. Mit einer kraftvollen Bewegung dreht er sie zu sich um. Lola und Adrian blicken sich zum ersten Mal tief in die Augen und verlieren sich ineinander. Er legt seine starken Arme um sie, gemeinsam genießen sie den Augenblick.

Kyle sitzt desinteressiert mit dem Rücken zur Tanzfläche auf einem Barhocker. Im Gegensatz zu Adrian ist Kyle mit seinem Gedanken noch ganz bei dem Auftrag. Er schwenkt die Eiswürfel in seinem leeren Whiskeyglas.

»Einen Doppelten, bitte!«, ruft Lia dem Barmann zu. Die süße Stimme reißt Kyle sofort aus seiner Konzentration. Als er sich zu Lia umdreht, stockt ihm der Atem. Ein so bezauberndes Geschöpf hat er noch nie gesehen.

»Für mich auch noch einen«, fügt er hinzu. Lia nimmt ihr Glas und wendet sich zum Gehen.

»Hey, willst du nicht mit mir anstoßen?« Irritiert blickt Lia zu Kyle, der nach ihrem Handgelenk greift und sie anzüglich anlächelt. Der extrem gut aussehende Kerl macht Lia etwas nervös.

»Oh, ja klar, sorry.« Mit einem charmanten Lächeln hält sie ihm ihr Glas entgegen. Die Gläser klirren. Kyle trinkt und wendet seinen Blick dabei nicht von Lia ab.

»Gehst du auf die St. Marriot?«, fragt Kyle.

»Ja, seit diesem Semester, und du?« Bevor er antworten kann, zieht der Barkeeper mit einer Flüssigkeit eine Linie entlang des Tresens und entzündet diese als Cocktail-Showeinlage. Dies lässt einen betrunkenen Studenten, der als Matrose verkleidet ist, neben Lia aufschrecken, der daraufhin rücklings vom Barhocker fällt. Er greift noch haltsuchend nach seiner Flasche, die umfällt und am Tresen zerbricht. Im Fall streift der gesplitterte Flaschenhals Lias nacktes Bein und hinterlässt eine tiefe Wunde.

Kyle springt auf, packt den Betrunkenen am

Kragen und beschimpft ihn. Als er ihn wieder loslässt, sucht dieser sofort das Weite.

»Hat der Idiot dich verletzt?«

»Nicht so schlimm.« Kyle kniet sich vor Lia und berührt sanft ihr Bein. Er streicht mit der Hand über die Wunde, um sie zu heilen, doch erstaunt bemerkt er, dass es ihm nicht gelingt. Stattdessen läuft immer mehr Blut aus der Wunde. Er blickt ungläubig auf seine Hand. Als das Licht des Scheinwerfers kurz aufblitzt, bemerkt er voller Entsetzen blaues Blut. Im gleichen Augenblick läuft Lia ein Schauer über den ganzen Körper. Als sich ihre Blicke erneut treffen, sieht sie, wie sich der Rand seiner Iris tiefblau abgrenzt und seine Augen voller Bösartigkeit leuchten.

»Äh ... ist schon okay, ich geh die Wunde mal kurz reinigen.« Verängstigt steht Lia vom Stuhl auf und verschwindet in der tanzenden Menge. Dort stürzt sie sich auf Lola, greift panisch nach ihrer Hand und zieht sie mit sich.

»Wir müssen hier schnellstens verschwinden, ich erklär dir später alles.« Lola, die sofort die Angst in Lias Stimme bemerkt, geht ohne zu zögern mit ihr.

»Warte doch, wie ist dein Name?«, ruft Adrian Lola hinterher. Doch die Mädchen sind bereits im Gedränge verschwunden.

Kyle schiebt sich grob durch die Menge und sagt zu Adrian:

»Ich weiß jetzt, wer die Bedrohung ist«. In kurzen Sätzen erklärt er Adrian, was gerade passiert ist, und dass er gefunden hat, wonach sie suchen. Er sieht sich in der Menschenmenge um, bis er Lia und Lola nahe dem Ausgang entdeckt.

»Schnell, sie hauen ab!« Adrian und Kyle folgen den Mädchen so schnell wie möglich.

Einen Häuserblock weiter bleibt Lola abrupt stehen.

»Warte mal, wo willst du hin, vor wem laufen wir eigentlich weg?« Lia, die die Männer schon von weitem kommen sieht, zerrt Lola in eine Seitengasse. Als sich ihre Hände berühren, beginnen ihre Halsketten zu leuchten. Die Anhänger verbinden sich erneut. Ein greller Lichtblitz erhellt die dunkle Straße. Adrian und Kyle staunen wenige Sekunden später über die verlassene Gasse.

»Wie ist das möglich, sie waren doch gerade noch da? Das ist der Beweis, dass ich recht habe. Und ich glaube, es ist nicht nur das Mädchen. Es sind beide. Ich verstehe nicht, dass ich ihre Energie nicht sofort im Club gespürt habe.«

Überrascht schlagen Lola und Lia ihre Augen in einer anderen, doch nun nicht mehr unbekannten Welt auf.

»Oh, wir sind ja wieder hier«, sagt Lia verdutzt.

»Das ist alles so verrückt«, antwortet Lola.

Die zwei gehen immer tiefer in den magischen Wald hinein. Sie sind entzückt von den lieblichen Düften und Klängen, die sie umgeben. Zeit scheint an diesem verzauberten Ort keine Rolle zu spielen. Auch wenn sie noch nicht wissen, wo genau sie sind, spüren sie, dass dies eine Welt des Friedens und der Glückseligkeit ist. Sie folgen einem kleinen Bachlauf, der sich durch die verwunschene Landschaft schlängelt. Der Bach ist umsäumt von zart sprießenden Gräsern und Gänseblümchen.

»Jetzt fehlen nur noch kleine tanzende Elfen«, scherzt Lola. Dann öffnet sich der Wald und die beiden stehen auf einer kleinen Lichtung. Eine einzelne Weide steht inmitten des sonnendurchfluteten Platzes.

»Hier ist es so schön, lass uns eine Pause machen«, sagt Lia. Sie lassen sich unter dem mächtigen Baum nieder. Auch an diesem Platz ist der Boden mit samtweichem grünem Moos bewachsen. Die Sonne wärmt ihre Gesichter.

»Lia, wie ist das möglich, kann das hier die Wirklichkeit sein und leben wir nur in einer Scheinwelt?«

»Ich weiß, es ist wie in einem Märchen.«

Sie fühlen sich so kindlich, so unbeschwert, und albern herum.

»Hast du das gehört?«, fragt Lia flüsternd. Beide blicken gleichzeitig nach oben in das Geäst der Weide.

»Hallo, ist da jemand?« Vorsichtig stehen sie auf. Erneut hören sie ein Rascheln und ein Kichern.

Lia schiebt den Vorhang aus dichten Blättern und Geäst vorsichtig beiseite, neugierig starren sie vier Augenpaare an. Leise flüstert sie:

»Sieh mal, Lola!«. Beide reiben sich ihre Augen vor Verwunderung. Vor ihnen auf einem Ast stehen wahrhaftig, jede so klein wie eine menschliche Hand, vier liebliche Waldelfen. Eine der Elfen wird von den anderen tuschelnd nach vorne geschubst. Sie macht einen Knicks, hebt ihr Kleidchen aus Weidenblättern an und verbeugt sich.

»Ich bin Lady Lilien aus dem Idunienwald. Was führt euch nach Idunien? Ihr seid keine Elfen und keine Gnome, seid ihr vom Rat?« fragt sie mit zarter Stimme.

»Nein, nein ich ahne es, das sind Menschen«, drängt sich eine andere Elfe in den Vordergrund. »Ich kenne den Geruch, mein Näschen täuscht nichts«, sagt sie und nimmt rechthaberisch eine Haarsträhne von Lia in die Hand, um daran zu riechen.

»Ist das wahr, seid ihr Menschenseelen?« Ein Elf hüpft auf Lolas Schulter und starrt sie fragend mit seinen großen Kulleraugen an.

»Ähm, ja, wir sind Menschen, und was seid ihr?«, antwortet Lola.

»Wir sind Waldelfen aus Idunien!«, posaunt das vierte und kleinste Wesen.

»Aber sagt, wie kommt ihr hierher? Menschen sieht man hier so oft wie rosarote Blaubeeren, nämlich niemals«, scherzt Lilien.

Lola und Lia greifen zeitgleich nach ihren Anhängern und zeigen sie den kleinen Wesen.

»Wenn wir uns in Gefahr befinden, beginnen sie

zu leuchten und ziehen sich an, sie verbinden sich. Alles um uns herum fängt dann an zu flirren und zu flackern. Wir sehen nur noch helles warmes Sonnenlicht und nur einen Augenblick später befinden wir uns in dieser wundervollen Märchenwelt«, erklärt Lola. Die Elfe auf Lolas Schulter greift nach ihrer Kette und beginnt sie genau zu inspizieren.

»Hm, so wie das schimmert, muss es Perlmutt sein.«

»Das ist genauso wenig Perlmutt, wie es süße Zitronen gibt«, wirft Lilien ein »also, so besondere Anhänger habe ich noch nie gesehen. Woher habt ihr diese außergewöhnlichen Ketten?«

»Wir haben sie beide, seit wir uns erinnern können und wissen nur, dass sie uns schon einige Male aus gefährlichen Situationen gerettet haben«, entgegnet Lia.

»Wirklich interessant, wirklich interessant.«, sagt Lilien nachdenklich.

»Was meinst du, Lady Lilien?«, fragt Lola.

»Seid ihr eigentlich Schwestern?«, will Lilien wissen.

»Nein, aber wir sind beste Freundinnen«, antwortet Lia.

»So was habe ich mir fast gedacht. Denn eure Herzen schlagen im gleichen Takt. Das ist ein Geschenk, das nicht jedem widerfährt. Aber ich fühle, dass euch das bewusst ist. Jetzt macht es euch erst mal gemütlich. Ich bereite euch einen köstlichen Veilchentee zu.«

Nur einige Minuten später serviert die kleine Elfe ein blau-violettes, duftendes und dampfendes Getränk in einem Rosenblatt. Dankbar nehmen die Mädchen die winzigen Gefäße vorsichtig in ihre Hände und genießen deren Inhalt mit nur einem Schluck. Sofort macht sich ein wohlig warmes Gefühl in ihren Bäuchen breit. Entspannt lehnen sie sich im weichen Moos zurück und schauen in das grüne Blätterdach. Das leichte Rascheln der Blätter wiegt sie sanft in einen tiefen erholsamen Schlaf, den sie dringend nach dieser aufregenden Nacht benötigen.

Lia und Lola erwachen liegend und spüren eine Eiseskälte vom Boden aufsteigen. Sie sind wieder in der dunklen, verlassenen Gasse, in die sie zuletzt geflüchtet sind. Verängstigt blicken sie sich um, die Gefahr ist jedoch vorüber. Erleichtert und gleichzeitig enttäuscht, sich wieder in der harten Realität zu befinden, machen sie sich auf dem Heimweg Richtung Uni.

9

DER VERRÜCKTE PROFESSOR

*P*rofessor Doktor Agarius war nicht immer so ein merkwürdiger Kauz. Er war ein normaler glücklicher, junger Mann. Agarius liebte das Meer, besaß einen Bootsschein und verbrachte jede freie Minute mit seiner schönen Frau auf See. Bis zu jenem finsteren Tag im Juni. Es war vor etwa 20 Jahren, als Agarius wie so oft mit seiner Frau ein Wochenende auf dem Boot verbrachte. Dabei gerieten sie in ein fürchterliches Unwetter. Das Boot konnte den meterhohen Wellen nichts entgegensetzen und so verlor Agarius die Kontrolle darüber. Es kenterte, und die zwei stürzten ins Meer. Ein Kampf ums Überleben begann. Agarius versuchte alles, um seine Frau zu retten. Als er sie endlich erreichte, wurde sie in die Tiefe gezogen. Verzweifelt tauchte er ihr hinterher, doch er konnte sie nicht mehr einholen. Er schwor den Rettungskräften, die nur kurze Zeit später vor Ort waren, dass ein Wesen, das halb Mensch halb Fisch gewesen sei, seine Frau in die Tiefe gezogen hätte. Im Krankenhaus fiel er ins Koma. Als er nach mehreren Wochen daraus erwachte, redete er nur noch von diesem Unterwasserwesen, das ihm seine Frau entrissen hatte. Auch berichtete er von weiteren übernatürlichen Wesen, die er in jener Nacht zu sehen geglaubt hatte. Er würde sich rächen, schrie er nächtelang wie ein Mantra. Die Ärzte wussten sich nicht mehr zu helfen und verwiesen ihn schließlich in eine geschlossene Psychiatrie. Nach etwa einem Jahr wurde er als geheilt entlassen. Doch sein Wesen hatte sich während dieser Zeit vollkommen verändert. Äußerlich gab er sich ruhig, doch innerlich brodelten Wut- und Rachegedanken in ihm, da er immer noch an das glaubte, was er an jenem Tag im Juni gesehen hatte. Er begann sein Meeresbiologiestudium, welches er mit Bestnoten abschloss. Danach kaufte er sich Unmengen an Equipment und startete eine Forschungsexpedition nach der anderen, um endlich herauszufinden, wer diese Wesen waren, die seine Frau in die Tiefe gezogen hatten. Es war ein schwieriges Unterfangen, da er nie etwas Ähnliches in der Tiefsee zu Gesicht bekam. Doch er schwor sich niemals aufzugeben, bis er herausgefunden hat, wo diese Wesen seine Frau hingebracht haben und ob sie noch am Leben ist. Als er die beiden Studentinnen Lia und Lola in seiner Vorlesung das erste Mal sah, konnte er es kaum fassen: Der Blick der beiden

Mädchen erinnerte ihn an den Blick des Unterwasserwesens, das seine Frau in die Tiefe gezogen hatte. Er begreift selbst nicht, was es genau ist, doch er ist sicher, dass eine Verbindung zwischen ihnen und diesen Wesen besteht.

WENN NICHTS SICHER IST, IST ALLES MÖGLICH

*N*ach nur zwei Stunden unruhigen Schlafes erwachen Lia und Lola in ihrem Zimmer. Noch immer wirken die Ereignisse vom Vortag irreal. Sie sprechen nochmal über den gestrigen Abend und über die zwei Männer, die sie verfolgt haben.

»Lola, ich sag dir, sowas habe ich noch nie zuvor gesehen, die Augen dieses Mannes leuchteten in tiefem Blau und spiegelten die pure Bösartigkeit wider, es war so unheimlich.«

»Oh Lia, unheimlich oder nicht, diese Berührungen von diesem Typ haben mich verrückt gemacht, er war voller Leidenschaft und ... einfach der Wahnsinn«, schwärmt Lola und errötet dabei.

»Ja, es sind leider immer die bösen Jungs, die gut küssen«, zwinkert ihr Lia zu, »aber ich denke, wir dürfen die Gefahr wirklich nicht unterschätzen.

Glaub mir, der Blick dieses Mannes bedeutet nichts Gutes und wir müssen schnellstens herausfinden, was die beiden von uns wollen. Langsam häufen sich die seltsamen Ereignisse! Vielleicht können wir diese Lady ... Lady Lilien ein bisschen ausfragen?«, meint Lia.

»Gute Idee. Aber wie machen wir das am besten? Mal überlegen, wir kommen immer in diesem Wald heraus, wenn wir in Gefahr sind und unsere Anhänger leuchten. Vielleicht sollten wir sie einfach so aneinanderhalten, damit sie sich verbinden?« fragt Lola und nimmt dabei ihren Kettenanhänger in die Hand. Lia reagiert sofort auf Lolas Versuch, rutscht nah an sie heran und hält ihr vorsichtig ihren Anhänger entgegen, bis sich beide Amulette berühren. Sie passen auch perfekt ineinander, doch es passiert...nichts!

»Lia, so seltsam es klingt, aber ich glaube, wir müssen erst in Gefahr sein, um in den Wald und zu Lady Lilien zu gelangen. Wie sollen wir das anstellen?«

»Da werden wir schon eine Möglichkeit finden, zur Not machen wir einen Bungeesprung«, grinst Lia verschmitzt.

»Dann lass uns doch noch ein paar Sachen zusammenpacken, falls wir diesmal länger im Wald bleiben sollten« sagt Lola.

Wie in Trance packen beide ihr wichtigstes Hab und Gut zusammen. Nur wenige Augenblicke später stürmt Luke herein.

»Hey, Ladys! Ach so, ihr wisst schon von eurem Glück?«

»Häh, was meinst du?«, fragt Lia.

»Na ja, ihr packt doch für die Expedition, oder?«

»Was meinst du, Luke?«, fragt Lia erneut, aber diesmal mit Nachdruck.

»Na ja, Prof. Agarius hat heute die Gewinner für die Expedition bekanntgegeben. Tja, und wie´s aussieht, seid ihr die zwei Glücklichen. Ich freu mich wirklich für euch, auch wenn ich ein bisschen neidisch bin.«

Verdutzt fragt Lola »Wieso, wir haben doch noch nicht einmal den Test geschrieben?«

»Das stimmt, doch er hat kurzfristig beschlossen, das Los über die Teilnehmer entscheiden zu lassen.«

Auf ihre erste Verwirrung folgt Erleichterung, sie begreifen, dass dies ihre Chance zur Flucht in den Wald ist. Unter anderen Umständen würden sie niemals auch nur eine Sekunde länger als notwendig mit dem verrückten Agarius Zeit verbringen wollen. Doch jetzt, in diesem Moment, scheint es die richtige Lösung für ihr Problem zu sein. Denn auf hoher See ist es leicht sich in Gefahr zu begeben und so steigen ihre Chancen in den Idunienwald zu gelangen

Eine Stunde später sitzen sie auch schon im Büro von Agarius. Stille erfüllt den Raum. Lola erträgt die Situation nicht länger und ergreift das Wort.

»Äh, Entschuldigung, könnten Sie uns bitte darüber aufklären, wann die Expedition startet?«

Erneute Stille, nur wieder dieses durchdringende Anstarren seitens des Professors.

»Ähm, hallo?«

Mit einem kurzen Kopfschütteln erwacht er aus seiner Trance.

»Wir starten heute. In einer Stunde treffen wir uns am Hafen, Pier No. 333. Es ist Ihnen natürlich klar, dass ich Pünktlichkeit voraussetze.«

»In Ordnung, natürlich werden wir pünktlich sein. Wohin geht es denn genau? Und wann werden wir wieder zurück sein?«, bohrt Lola nach.

»Na, wir werden einen Ausflug auf das offene Meer machen und dort solange unterwegs sein, bis wir einen kleinen Einblick in die Tiefsee bekommen und das wird an genau jener Stelle sein, von der ich Ihnen in meinem Unterricht erzählt habe«, entgegnet Agarius.

»Professor Agarius, wir werden pünktlich sein. Können wir dann jetzt gehen?«

Nach seinem bestätigenden Nicken verlassen die zwei den Raum so schnell wie möglich und spüren trotzdem noch den Blick des Professors auf sich.

Kurz darauf stehen Lola und Lia mit gepackten Rucksäcken am Pier 333. Schon wieder diese Zahl. Prof. Agarius macht schon geschäftig mit seinen Assistenten das Schiff startklar. Als er die beiden sieht, erstarrt er und hat wieder diesen unheimlichen Blick. Das Schiff sieht aus, als wäre es längst nicht mehr seetauglich. Seine verwitterten Seitenwände wirken, als ob schon der kleinste Windhauch sie zerstören könnte.

»Huhu, Mädchen, kommt aufs Schiff, wir sind schon ablege- bereit«, sagt Pete, der kleine Lakai von Agarius und streckt ihnen helfend eine dürre Hand entgegen. Er sieht so aus, als hätte er schon sehr viel Zeit auf See verbracht. Seine dünnen, vom Salzwasser gebleichten Haare haben schon lange keinen Kamm mehr gesehen, den zauseligen Bart scheint er sich so gut wie nie gestutzt zu haben und für seine ledrige, dunkelbraune Haut scheint Sonnencreme ein Fremdwort zu sein.

Unsicher und mit Widerwillen klettern Lia und Lola auf das marode wirkende Boot.

»Leinen los!«, brüllt Pete mit feuchter Aussprache in die Richtung der dubiosen Crew. Auf dem Weg zu einer völlig heruntergekommenen Kabine werden sie von lüsternen Seemännern begafft. Lola steigt über ein abgebrochenes Brett, das senkrecht aus dem knarrenden Holzboden ragt. Lia wirft ihren Rucksack in die modrige Koje.

»Oh Mann, wo sind wir da bloß reingeraten?«, sagt Lola kopfschüttelnd.

»Ich habe keinen Plan, aber es war die beste Lösung für den Moment und definitiv eine gute Lösung, um uns wieder in Gefahr zu begeben.«, sagt Lia zähneknirschend.

Es klopft an der Tür. Vorsichtig öffnet sich die Klinke und die dürre Hand von Pete winkt sie nach draußen.

»Kommt schnell raus, ihr verpasst ja noch den Start!«

Die beiden Mädchen eilen an Deck und sehen zurück zum Pier 333, der schon einige Meter zurück liegt. Der Motor des Schiffes wird immer lauter und der Geruch von Schweröl liegt in der Luft. Was die beiden Mädchen wohl auf hoher See erwarten wird? Lola blickt an der abgeblätterten, zerschlissenen Seitenwand des Schiffes hinab, dabei bemerkt sie, dass man mit viel Fantasie noch den Namen Caroline erkennen kann.

»Ich hoffe, dass uns Caroline wieder sicher nach Hause bringen wird«, sagt Lola unsicher.

»Ganz bestimmt, mach dir keine Sorgen«, beruhigt Lia Lola und nimmt sie in den Arm. Wirklich sicher, ob dies so eine gute Idee war, ist sie sich bei dem heruntergekommenen Schiff und den dubiosen Gestalten an Deck auch nicht mehr. Sie plagt ein schlechtes Gewissen Lola gegenüber, denn sie befürchtet, dass die Gefahr für die beiden doch größer ist, als sie es sich vorgestellt hatte. Gemeinsam sehen sie wie der Pier immer kleiner wird und das Schiff eine weiße Straße der Gischt hinter sich herzieht. Einige Zeit später sind sie nur noch von azurblauem Wasser umgeben. Vereinzelt brechen die ersten Sonnenstrahlen durch die dichte Wolkendecke und bringen das Meer zum Glitzern. Auf eine seltsame Art und Weise bringt dieser Anblick die zwei dazu, sich auf einmal sicher und willkommen zu fühlen. Auch Agarius scheint dies wahrzunehmen und bittet sie freundlich, sich zu ihm zu setzen. Zum ersten Mal macht er einen normalen und weniger verstörenden Eindruck. Sie atmen auf. Der Professor beginnt, von der Welt der Tiefsee zu erzählen und davon, was er ihnen auf dieser Expedition zeigen möchte. Erstaunt über seine fachliche Kompetenz und seine ehrliche Leidenschaft für die Tiefsee hören sie gespannt zu. Als er von den Riesenkalmaren und deren Größe berichtet, wird ihnen ganz anders zumute.

Weit draußen auf dem Meer, weit weg von jeglicher Zivilisation, beginnt die Crew eine Kamera langsam an einem dicken Seil ins Wasser gleiten zu lassen.

»Dies ist eine spezielle Kamera, die eigens für die Tiefsee konstruiert wurde. Jetzt kommt der spannende Teil, lasst uns unter Deck gehen.«

Die Mädchen folgen Agarius interessiert in einen kleinen, dunklen Raum. Er schließt die Türe. Mehrere Sekunden in der Dunkelheit lassen ein ungutes Gefühl in Lia und Lola aufsteigen.

»Was ist denn hier los? Die Monitore sind ja noch nicht eingeschaltet«, murmelt er, während er gleichzeitig einen Schalter drückt, der alle Computer hochfahren lässt. Verwundert schauen sich die Mädchen um. Diese hochmoderne Technik in diesem Raum ist das Letzte, was sie auf dieser alten Schabracke erwartet hatten. Dann erscheint auf dem Hauptmonitor die Übertragung der Tiefseekamera.

»Wir sind nun bei 26.000 Fuß unter dem Meeresspiegel - stoppen wir hier. In dieser Tiefe wurde zuletzt ein Riesenkalmar gesichtet.«

Einige Stunden vergehen, ohne dass sie auch nur ein Lebewesen zu Gesicht bekommen. Das Schaukeln des Schiffes lässt Lola in einen leichten Schlaf fallen. Dabei träumt sie von dem schönen unbekannten Mann aus dem Club. Lia hingegen zeichnet ein paar Skizzen von den Eindrücken des zauberhaften Waldes auf ihren Block.

»Für die Tiefseeigration braucht man nun mal sehr viel Geduld und Ausdauer.« sagt Agarius mit lauter Stimme, da er die Unaufmerksamkeit der Mädchen bemerkt hat.

Wie aus dem Nichts erscheint plötzlich im Scheinwerferlicht ein seltsames Wesen, das eher an ein Alien denken lässt als an einen Meeresbewohner. Auf einmal beginnt das Bild der Kamera zu flimmern.

»Was zur Hölle ist das?«, ruft Agarius aufgebracht. Man sieht einen kaum erkennbaren Schwarm in einem hohen Tempo an der Kamera vorbei schwimmen.

»Das ist nicht möglich!« Mit einem Ruck wird die Kamera durchs Wasser geschleudert.

»Was war das?« schreit der Professor hysterisch. Alle starren auf den flimmernden Bildschirm. Agarius stürmt an Deck. Er veranlasst seine Männer, die Kamera sofort hochzuziehen.

»Macht schneller, ihr Versager!«, schreit er wütend. Nachdem das Seil vollends hochgezogen ist, werden seine schlimmsten Befürchtungen wahr. Die Kamera ist weg. Wütend stürmt er zurück an den Monitor.

»Raus, alle, sofort raus hier!«, brüllt er die Mädchen an. Erschrocken ziehen sich Lia und Lola in ihre Koje zurück.

Es ist mitten in der Nacht. Dicke Wolken verdecken den Himmel. Grollender Donner und grelle Blitze wecken Lia.

»Lola, wach auf, irgendetwas stimmt nicht. Ich glaube, wir sind in einem Gewitter.«

Lola schreckt hoch. Voller Entsetzen bemerkt auch sie, dass das Schiff heftig schwankt. Vorsichtig stehen die beiden aus ihren Betten auf. Als sie zur Tür wanken und diese öffnen, ist der Donner bereits so laut, dass man sein eigenes Wort kaum mehr verstehen kann.

»Komm, wir sehen nach den anderen.«

Sie hangeln sich den schmalen Flur entlang bis zum Medienraum, aus dem Licht dringt. Lia zögert nicht lange und reißt die Türe auf.

»Wir sind in einem Sturm, was sollen wir tun? Können wir irgendwie helfen?« Agarius sitzt wie besessen vor den Monitoren und ist wie erstarrt.

»Ich hab's gewusst, ich hab's gewusst, ich hab's schon immer gewusst. Sie existieren doch.«

»Was meinen Sie?«, fragt Lola.

Mit weit aufgerissenen Augen dreht Agarius sich zu ihnen um.

»Tut doch nicht so scheinheilig, ihr verlogenen

Gören. Jetzt habe ich den eindeutigen Beweis, dass es sie wirklich gibt. Und ihr habt irgendetwas mit diesen Wesen zu tun, auch wenn ich noch nicht genau weiß, was euch mit ihnen verbindet.«

»Was wollen Sie überhaupt von uns? Wir müssen etwas tun, sofort, wir sind mitten in einem Sturm«, platzt es aus beiden gleichzeitig heraus. Der Professor deutet wortlos und mit einem zitternden Finger auf den Bildschirm. Dieser zeigt ein flackerndes Standbild, auf dem eine fast menschliche Hand zu sehen ist. Im Hintergrund sieht man verschwommene Umrisse eines menschlichen Oberkörpers.

»Jetzt gebt es endlich zu! Ihr steckt mit ihnen unter einer Decke. Was wollt ihr von mir? Wo ist meine Frau? Verdammt, habt ihr sie getötet? Sagt mir endlich was ihr wisst!«

Panikartig ergreifen die Mädchen die Flucht. Sie knallen noch die Türe hinter sich zu und rennen so schnell wie möglich auf Deck. Dort kämpfen Pete und die restliche Crew gegen die meterhohen Wellen an. Der Sturm schleudert das Schiff so stark hin und her, dass sie Mühe haben, sich auf ihren Beinen zu halten. Der Kapitän brüllt der Mannschaft verzweifelt seine Befehle zu und reißt dabei hektisch das Ruder hin und her. Lia und Lola sind nach nur wenigen Sekunden komplett durchnässt.

»Pete, hilf uns!«, schreit Lola.

Im gleichen Moment kommt schon Agarius aus der Koje und stürmt zielstrebig auf Lia zu. Er packt sie mit beiden Händen am Hals und drückt zu. Seine Augen sind vor Wut blutrot unterlaufen.

»Wo ist sie? Sagt es mir endlich, sonst töte ich euch beide!«

Lola versucht mit aller Kraft, den Verrückten von Lia wegzureißen. Dieser stößt sie jedoch mit voller Wucht zu Boden. Die Amulette beginnen zu leuchten, und eine unsichtbare Kraft zieht Lola und Lia aufeinander zu. Ein plötzlicher brennender, nicht auszuhaltender Schmerz durchzuckt Agarius und er ist gezwungen, von Lia abzulassen. Als die Mädchen nur noch einige Zentimeter voneinander entfernt sind, bricht eine riesige Welle über dem Schiff.

Nur noch Wasser, überall Wasser. Lola und Lia befinden sich im Meer, gefangen im Strudel der Angst.

11

LIA

*D*ie Wellen zerren an ihren Körpern, als wollten sie sie gewaltsam trennen. Das Wasser siegt. Ihre Hände, die einander festgehalten haben, werden taub und rutschen ab. Innerhalb von Sekunden sind die Mädchen mehrere Meter voneinander entfernt. Lia versucht mit aller Kraft, gegen die hohen Wellen anzukämpfen. Doch sie driftet immer weiter ab, ihre Kräfte schwinden mit jedem weiteren Versuch, zu Lola zu schwimmen. Sie kann nichts mehr sehen, der Wind peitscht ihr unermüdlich Gischt ins Gesicht. Lia kämpft. Sie wird nicht aufgeben. Sie wird es schaffen. Eine enorme Kraft durchströmt plötzlich ihren Körper, und wie durch ein Wunder kann sie dem tosenden Meer standhalten. Sie erkennt die Umrisse des Schiffes. Immer weiter erkämpft sie sich jeden Meter. In dem Augenblick, als Lia das Schiff erreicht, löst sich das Rettungsboot aus seiner Verankerung und trifft sie grob am Kopf. Es wird dunkel, und jedes Geräusch um sie herum verstummt. Sie spürt, wie sie immer weiter sinkt und sinkt und sinkt. Schließlich wird sie ohnmächtig.

Wasser überall, wunderschönes, tiefblaues Wasser. Etwas zieht sanft an Lias Arm. Sie fühlt sich, als würde sie schweben. Was für ein wunderschöner Traum das doch ist. Sie kann keinen klaren Gedanken fassen. Aber warum auch? Sie träumt, und es fühlt sich gut an. Unglaublich real. Ein Traum vom Himmel? Doch was macht eine große, schwarze Schildkröte im Himmel? Dann ist das Gefühl des Schwebens vorbei. Lia fühlt sich, als würde sie in einem weichen, warmen Bett liegen. Eine Stimme erklingt in ihrem Kopf.

»Ich werde sie finden, Lia. Keine Sorge. Du und deine Schwester, ihr werdet euch wiedersehen. Entdecke die Kraft in dir. Sieh mit deinem Herzen. Es wird dich auf den richtigen Weg führen. Nur so wirst du ...« Doch die Stimme entfernt sich, noch bevor sie zu Ende gesprochen hat, und wieder senkt sich eine tiefe Dunkelheit über Lias Geist.

Ein Rauschen lässt Lia aus der tiefen Finsternis erwachen und ein sanfter Windhauch streicht über ihr Gesicht. Lia öffnet ihre Augen. Geblendet von einem grellen Licht schließt sie diese jedoch gleich wieder. Sie dreht ihren Kopf etwas von dem Licht weg und versucht es erneut. Blinzelnd glaubt sie, das Meer und einen langen weißen Sandstrand zu erkennen. Sie sieht Fußspuren im Sand, die zu ihr führen.

Wie ist sie hierhergekommen? Träumt sie immer noch? Sie dreht ihren Kopf wieder zurück. *Was ... wer ist das?* Ein junger Mann steht über ihr, und Lia sieht, wie er seine Lippen bewegt. Noch bevor sie verstehen kann, was er sagt, ist sie wieder in Dunkelheit gehüllt.

Mike Mule, ein alter, von der rauen See gezeichneter Fischer, kauert hinter einem großen, eiförmigen Felsen. Er wollte wie jeden Morgen den Strand nach angespülten Schätzen absuchen. Der schrullige alte Mann findet für fast alles eine Verwendung. Er hat schon so einigem Unrat wieder Leben eingehaucht, indem er es gesäubert und umgebaut hat. Doch an diesem Morgen entdeckte er anstelle von ange-spültem Müll einen leblosen Körper. Er ging, so schnell er konnte, auf ihn zu, doch nach wenigen Metern stoppte er abrupt, denn er sah, wie ein dunkelhaariger junger Mann vor dem Mädchen kniete. Dieser war wie aus dem Nichts neben ihr aufgetaucht. Mike Mule versteckt sich hinter einem Felsen und zieht sein Fernglas aus seiner alten Jacke. Er versucht, es in aller Eile scharfzustellen, doch als er es endlich geschafft hat, kann er nur noch den Rücken des Mannes erkennen, der das dunkelhaa-rige Mädchen auf seinen Armen davonträgt. Er hat kein gutes Gefühl. Eine Gänsehaut zieht sich über seinen Rücken. Erinnerungen, von denen er selbst nicht weiß, was davon Realität und was Traum ist,

tauchen vor seinem inneren Auge auf. Die Gedan-
kenfetzen, die immer und immer wieder wie ein Film
in seinem Kopf ablaufen, sind verwirrend und
beängstigend zugleich. Er versucht sie abzuschütteln
und als er nur wenige Sekunden später wieder
aufblickt, ist der Mann mit dem Mädchen
verschwunden. Unmöglich. Er war gerade noch da.
Eine kalte, nasse Böe erfasst ihn. Ungewöhnlich für
so einen perfekten Sommertag. Ratlos und verunsichert steht er auf, und beschließt, erst mal zu seinem
kleinen Holzverschlag zurück zu gehen.

Wieder ziehen Bilder an Lia vorbei. Das klare
Wasser, die schwarze Schildkröte, das Gesicht eines
ihr Unbekannten. Auch sieht sie den Himmel mit
seinen weißen Wolken und Lolas lachendes Gesicht.
Doch dann verändert sich etwas, alles um sie herum
wird kalt und dunkel. Sie sieht, wie Lola ihr etwas
zuruft. Doch sie kann sie nicht verstehen. Im
nächsten Moment fällt sie ins tosende Meer. Sie
versucht Lolas Hand festzuhalten. Doch ihre Hände
lösen sich voneinander. Dunkelheit. Schweißgebadet
wacht Lia auf. Sie ringt nach Luft. *Zum Glück, es war
nur ein Traum,* denkt sie. Dann blickt sie sich um.
Doch sie weiß nicht, wo sie ist. Es ist definitiv ein
Schlafzimmer. Lia liegt in einem großen Bett und ist
mit einem weißen Leintuch zugedeckt. Es ist ein
heller Raum mit weißer Holzvertäfelung. Ebenso
weiße Vorhänge wehen vor einer zur Hälfte geöff-

neten Terrassen- oder Balkontüre. An und für sich ist es ein wunderschöner Ort, doch die Tatsache, dass Lia nicht die leiseste Ahnung hat wo sie ist, löst eine starke Angst in ihr aus. Sie hält die Luft an, um mögliche Geräusche wahrzunehmen, doch außer dem sanften Rauschen des Meeres ist nichts zu hören. Vorsichtig setzt sie sich auf und erkennt mit Entsetzen, dass sie nackt ist. *Warum zum Teufel bin ich nackt?* Lia schwingt sich aus dem Bett und mit erhöhtem Pulsschlag sucht sie den Raum nach ihrer Kleidung ab. Doch außer einem weißen, leichten Sommerkleid ist nichts zu finden. Sie wirft einen Blick hinter den wehenden Vorhang, aber mit Enttäuschung muss sie feststellen, dass die Türe nicht auf eine Terrasse, sondern auf einen Balkon führt. Dieser Fluchtweg fällt also weg. Lia nimmt allen Mut zusammen und öffnet langsam die Zimmertür, die ein leises Knarren erzeugt. Erneut hält Lia die Luft an. Doch als sie nach mehreren Sekunden nichts hören kann, schlüpft sie durch den Türspalt. Auch hier im Flur ist alles aus weißem, leicht mitgenommenem Holz. Nur einige Meter zu ihrer Rechten befindet sich eine Treppe. Lia schleicht so leise, wie es ihr nur möglich ist, an zwei Türen vorbei. Sie hat das Gefühl, als würde man ihr Herz kilometerweit schlagen hören. Adrenalin durchströmt ihren Körper. Schritt für Schritt steigt sie die Treppe hinab. Immer wieder hält sie inne und lauscht, obwohl sie am liebsten in Höchstgeschwindigkeit aus dem Haus stürmen möchte. Endlich ist sie im unteren Geschoss angekommen und erblickt dort einen großen Raum. Links davon befindet sich ein Wohnzimmer, welches mit hellen Möbeln bestückt ist. Mit Erleichterung sieht Lia eine weit geöffnete Terrassentür, draußen kann sie einen Sandstrand erkennen. Gerade als sie den ersten Schritt Richtung Freiheit macht, ertönt hinter ihr eine angenehm warme Männerstimme. Lia erstarrt. Ein kalter Schauer läuft ihr über den Rücken.

»Guten Morgen, endlich bist du wach. Wie ich sehe, geht es dir soweit gut.« Lia dreht sich um und vor ihr steht Kyle. Sie erkennt ihn sofort wieder. Er ist der Kerl aus dem Club. Lia ist geschockt. Sein dunkles, fast schwarzes Haar ist leicht zerzaust. Auf seinem markanten Gesicht, dessen untere Hälfte mit einem Dreitagebart bedeckt ist, liegt ein leichtes, sehr charmantes Lächeln. Die blauen Augen, die unter perfekt geschwungenen, dunklen Augenbrauen liegen, scheinen in die Tiefen ihrer Seele zu blicken. Er trägt ausgeblichene helle Jeans und ein graues Shirt, das die Muskeln seines Oberkörpers erahnen lässt. Hinter ihm erkennt sie eine Küche. Frische Lilien und Obst stehen auf einem kleinen Esstisch. Er hält ihr eine Tasse hin. Doch Lia starrt ihn immer noch wortlos an.

»Hier, für dich. Ich hoffe, du magst Kaffee.« Erst jetzt löst sie sich aus ihrer Starre und nimmt die Kaffeetasse entgegen. Dabei berühren sich ihre Hände, und wieder erfasst sie ein kaltes Schaudern.

Gleichzeitig ist es, als würde ihre Haut wie von einem Magneten angezogen werden.

»Wie ist dein Name? Ich bin Kyle.«

»Ich ... ich bin Lia.«

»Ein sehr schöner Name. Komm, wir setzen uns raus. Du willst sicher wissen, wie du hierhergekommen bist.« Mit diesen Worten geht er an ihr vorbei und streicht dabei mit seiner Hand über ihren Arm. Lia folgt ihm irritiert nach draußen. Sie setzen sich auf eine alte Hollywoodschaukel. Kyle winkelt sein linkes Bein an und dreht sich zu Lia. Diese sitzt mit angezogenen Beinen im linken Eck der Schaukel und versucht sich so klein wie möglich zu machen, um eine weitere Berührung zu vermeiden.

»Ich war gestern wie jeden Tag am Strand, um ihn von angeschwemmtem Müll zu befreien. Dort angekommen sah ich dich im Sand liegen. Sofort bin ich zu dir gelaufen. Als ich dich auf den Rücken gedreht habe, hast du deine Augen leicht geöffnet, aber ansonsten überhaupt nicht reagiert. Dein Puls war sehr schwach. Nach einigen Sekunden bist du wieder ohnmächtig geworden. Ich beschloss, dich zu mir nach Hause zu tragen, um dich dort zu versorgen. Kannst du dich erinnern?«

»Äh, nein. Aber warum hast du keinen Krankenwagen gerufen? Und überhaupt, was wolltest du und dein Freund von Lola und mir? Warum habt ihr uns verfolgt?«

»Du scheinst wohl nicht zu wissen, wo wir sind. Wir sind auf einer kleinen Insel. Hier gibt es weder ein Krankenhaus noch einen Arzt. Keine Sorge, ich kenne mich mit erster Hilfe ziemlich gut aus. Den Vorfall im Club erkläre ich dir später.«

»Und wo ist meine Kleidung?«, fragt Lia nervös.

»Die habe ich weggeworfen. Die war blutig und ziemlich zerrissen.«

»Blutig? Oh Gott, warum blutig?«

»Du hattest eine Platzwunde am Kopf. Die hat wohl ziemlich stark geblutet«, antwortet Kyle selbstsicher. Vorsichtig tastet Lia ihren Kopf ab und stellt verwundert fest, dass sie keine Wunde fühlen kann. Kyle, der Lias Verwunderung bemerkt, lenkt schnell ab.

»Du solltest dich jetzt noch etwas ausruhen.«

»Könntest du mich dann aufs Festland bringen?«

Als Kyle auf ihre letzte Bitte nicht reagiert, beschleicht Lia ein ungutes Gefühl und sie blickt sich nervös um. Kyle, der ihre Furcht bemerkt, rutscht zu ihr und umfasst ihren Kopf zart mit seinen Händen. Er flüstert etwas, was Lia aber nicht mehr versteht, denn sie driftet ab. Watte umhüllt ihren Geist. Sie blickt in seine klaren blauen Augen und würde ihn am liebsten küssen. Noch bevor Lia den Satz zu Ende denken kann, spürt sie seine weichen Lippen auf ihren, dabei kann sie keinen klaren Gedanken mehr fassen. Seine Lippen werden immer fordernder, und eine angenehme Erregung macht sich in Lias Körper breit. Er trägt sie auf seinen starken Armen nach oben ins Schlafzimmer. Sanft legt er sie auf das große Bett. Dann beugt er sich über sie und küsst sie erneut. Seine Hände erforschen ihren zierlichen Körper. Sein Duft raubt ihr alle Sinne. Und dann verschmelzen sie förmlich miteinander. Es ist als hätten sich zwei Teile, die zusammengehören, endlich gefunden. Sie vergessen alles um sich herum und lieben sich so intensiv, wie es keiner von beiden je zuvor erlebt hat. Lia fällt glücklich und erschöpft zugleich in einen tiefen Schlaf. Ihr Kopf liegt auf Kyles Brust. Seine gleichmäßige Atmung wiegt sie tiefer und tiefer in eine Traumwelt.

Sie läuft über den wunderschönen weißen Sandstrand vor Kyles Haus. Die Sonne wärmt ihre Haut. Sie spürt die Wellen an ihren Füßen. Als sie sich dem Meer zuwendet, erblickt sie ein blondes Mädchen, dass ihr zuwinkt. Lia winkt zurück. Das Mädchen winkt immer heftiger, bis Lia merkt, dass es um Hilfe ruft. Wie selbstverständlich stürzt sie sich in die Fluten, um dem unbekannten Mädchen zu Hilfe zu kommen.

Schweißgebadet erwacht Lia. Es war ein Traum. Sie erblickt Kyle, der sie besorgt beobachtet.

»Hast du geträumt?«. Lia erzählt ihm von ihrem Traumerlebnis. Doch Kyle geht nicht darauf ein. Er umfasst ihren Kopf und flüstert wieder etwas Unverständliches. Lias Gedanken werden wieder von Watte eingehüllt, und Glückseligkeit breitet sich in ihr aus.

So vergehen die Tage. Es ist traumhaft. Kyle ist traumhaft. Lia fühlt sich wie im Paradies. Als wäre sie in einem nicht enden wollenden Rausch. Sie lieben sich immer und immer wieder und können nicht voneinander lassen. Doch in jeder Nacht wird Lia von einem Traum heimgesucht. Immer wieder derselbe Traum. Nur, dass sie jedes Mal näher an das blonde Mädchen herankommt.

An diesem Morgen ist Lia früher erwacht als Kyle. Sie schleicht nach unten, um ihn nicht aufzuwecken. Das Meer zieht sie magisch an. Obwohl sich das kalte Nass direkt vor der Tür befindet, waren sie, seitdem sie hier ist, kein einziges Mal am Wasser. Ein seltsames Gefühl beschleicht Lia erneut. Doch sie schüttelt es gleich wieder ab. Sie ist schließlich im Paradies. Als sie beginnt, die Terrassentür zu öffnen, reißt Kyle, der auf einmal hinter ihr steht, sie zurück ins Haus.

»Was wolltest du? Wolltest du gehen?« Die Gereiztheit in seiner Stimme verängstigt sie.

»Ich, ich wollte nur schwimmen gehen.« Unschuldig blickt sie ihn an. Er drückt sie mit seinem muskulösen Körper gegen die Wand und flüstert ihr mit sanfter Stimme ins Ohr:

»Schatz, heute ist das Meer zu stürmisch. Es ist viel zu gefährlich für dich.« Lia blickt aufs Wasser, das vollkommen ruhig und friedlich aussieht. Doch seine fordernden Küsse bringen sie von ihren Gedanken ab. Dann nimmt er ihren Kopf sanft in seine Hände, und wieder wird alles um sie herum unwichtig.

12

DIE SIUNISCHEN KÄMPFE

*D*ie Wächter der Verbannung und die vier Mitglieder des Rates haben sich vor den Hallen von Katatur versammelt. Gespannt warten sie auf das Neutrum. Langsam und knarrend öffnen sich die Tore. Ein helles Licht blendet die Versammelten. Nach Sekunden der Stille hört man leichte, schnelle Schritte, die sich nähern. Nachdem das grelle Licht verschwunden ist, sieht man eine kleine, mickrige Gestalt: Kupeo. Kupeo, den alle nur das Neutrum nennen, ist der Leiter des Wettstreits. Er ist das neutralste Wesen des Planeten und somit der Einzige, der über Recht und Unrecht im Wettkampf entscheiden kann. Er deutet den Mitgliedern des Rates, ihm ins Innere der Hallen zu folgen. Dort klettert er auf ein Podest, um die Schriften, die auf einem alten Holzpult liegen, verlesen zu können. Als er sich nach vorne lehnt, um das Buch zu öffnen, fallen ihm seine langen grauen Haare ins Gesicht. Gemächlich schiebt er die Strähne zurück und streicht nachdenklich über seinen Bart.

»Sind alle Teilnehmer anwesend?«, fragt Kupeo mit ruhiger Stimme. Kontrollierend lässt er seinen Blick über die vier Ratsmitglieder schweifen, nickt und beantwortet sich damit die Frage selbst. Dann beginnt er vorzulesen.

»Das Gesetz der Elemente besagt: Wenn es keinen leiblichen Nachfahren des Obersten Ratsmitgliedes gibt, so wird die Nachfolge durch die siunischen Kämpfe entschieden.

Die Kämpfe bestehen aus vier Prüfungen, die in einem Zeitraum von vier Jahren von dem Siunius, also dem Prüfling, bestritten werden müssen. Nur wer alle vier Aufgaben mit Tapferkeit, Mut, Selbstlosigkeit und reinem Herzen besteht, ist Maikulas Erbe würdig.«

Mit hochgezogenen Augenbrauen schaut er noch einmal prüfend in die Runde. Alle nicken ehrfürchtig.

»Die erste Prüfung lautet:

Vier Quellen der Heilung bestehen.
Nur das jeweilige Volk weiß sie zu sehen.

Jedes Element besitzt eine.

Der Siunius aus allen vieren trinken muss.«

Mit dem letzten Wort, das Kupeo vorgelesen hat, verlassen alle vier Ratsmitglieder eilig die Halle, um sich der ersten Prüfung zu stellen.

13

ERWACHT

*A*ls Lola unter Wasser die Augen öffnet, sieht sie zunächst tausende tanzende Luftblasen um sich herumwirbeln. Doch dann spürt sie nur eines: einen schrecklichen Schmerz, der sie durchbohrt. Er beginnt an der Spitze des Schulterblattes, zieht sich nach vorne über ihre Brust, brennt wie Feuer und nimmt ihr die Luft zum Atmen. Wie eine unsichtbare Schlinge schnürt er ihr die Kehle zu und versucht, auch das letzte bisschen Luft aus ihren Lungen zu pressen.

Tief durch die Nase in den Bauch einatmen und durch den Mund wieder aus, versucht sie sich selbst zu beruhigen. Doch als sie bemerkt, dass es dort nichts mehr zu holen gibt, gerät sie in Panik. Ihre Lungenflügel brennen wie Feuer. Der Schmerz, der ihr die Luft raubt, scheint sie nun völlig in Besitz zu nehmen. Sie kämpft gegen ihn an. Ihr ganzer Körper glüht. Doch ohne Sauerstoff ermüdet sie schnell und ihre Kräfte verlassen sie. Lola zuckt unkontrolliert, bis sich in ihrem Inneren alles verkrampft. Der Schmerz lähmt sie, dabei wird ihr schwindlig.

»Lass los, Lola, lass endlich los, hör auf zu kämpfen, lass es passieren! Jetzt!«, versucht sie eine besorgte mütterliche Stimme zu besänftigen. Lola sieht eine schwarze Schildkröte an sich vorbei gleiten, zwischen den Luftblasen scheint sie geradezu zu schweben. Lola windet sich noch einmal mit letzter Kraft, doch dann wird alles um sie herum schwarz.

»Lass los, Lola, lass endlich los!«, hallt es noch einmal in ihr nach. Lola erscheinen vor ihrem geistigen Auge Ausschnitte ihres bisherigen Lebens: Ihre ersten Schritte im Urlaub, die sie als Kind im warmen Wüstensand von Marokko machte. Ihr erster Sturz vom Fahrrad auf den blanken Asphalt und die tröstende Umarmung ihrer Mutter. Die zahlreichen Familienfeste. Die kleinen und großen Streitereien in ihrer Pubertät mit ihren Eltern, die nur zeigten, wie sehr sie sie liebten. Der furchtbare Moment, als Tante Becky versuchte ihr schonend beizubringen, dass ihre Eltern bei einem Tauchunfall ums Leben kamen und der Schmerz des Verlustes, den sie seitdem an jedem einzelnen Tag verspürt. Der Beschluss, von ihrem Heimatort nach LA zu gehen und dort zu studieren. Das Glück, dort eine Freundin wie Lia kennenzulernen und all die großen und kleinen Überraschungen, die sie bisher gemeinsam erlebt haben. Sie lächelt in sich hinein und entspannt sich.

Wieder sieht sie dieses zarte Grün und Violett, genau jene Farben, die sie damals im Pool gesehen hat. Diese verformen sich zu einem Kreis und lösen sich dann in tausende Luftblasen auf. Lola spürt ein überwältigendes Glücksgefühl. Es fühlt sich so an, als würden die Luftblasen nun in ihr tanzen. Alles kribbelt und vibriert. Und da ist sie wieder, diese innere Ruhe, diese Zufriedenheit. Sie nimmt einen tiefen Atemzug. Doch diesmal fühlt es sich anders an, kälter reiner, aber gut, sehr gut.

Moment mal, denkt sie erschrocken. *Atmen? Wie kann ich denn bloß atmen?* Dann reißt sie die Augen auf und sieht nur Wasser. Ein Wasserstrudel in verschiedenen Blau- und Türkistönen umgibt sie. Eine Schlange aus fluoreszierendem glitzerndem Silber taucht aus dem Strudel auf und windet sich um Lolas nackte Beine. Erst langsam, dann immer schneller. Ihre Beine verbinden sich miteinander, werden eins, verfärben sich in den Farben des Ozeans. Ein Kraftstoß durchfährt sie wie ein Blitz, und es bildet sich eine Flosse aus ihren Beinen. Die Schlange windet sich weiter hinauf, umkreist erst ihre Hüften und umspielt dann ihren Oberkörper und ihren Hals. Danach verschwindet sie wieder im tiefen Blau des Meeres, doch überall wo sie gewesen ist, hinterlässt sie ihren glitzernden Faden.

Der Wasserstrudel beruhigt sich, und plötzlich ist da nur noch das Meer, ruhig und tief, als wäre nichts gewesen. Lola blickt an sich herab und traut ihren Augen kaum. Ihre Haut schimmert in zartem Grün und Violett, und dann ist da diese wunderschöne Flosse. Sie funkelt in Blau- und Türkistönen, umschmeichelt von einem glitzernden Faden, der sich über ihre Hüften hinaufzieht und scheinbar bei ihrem Hals endet. Lola lässt sich auf den sandigen Meeresboden sinken.

»Was bin ich? Was ist mit mir passiert? Warum kann ich plötzlich unter Wasser atmen?«

»Du bist eine Meermaidianerin, junge Dame, und zwar ein besonders zauberhaftes Exemplar, wenn ich dies anmerken dürfte. Ich bin Muriel, aber du kannst mich gern Muri nennen. Atmen kannst du wegen der silbernen Aira an deinem Hals.«, strahlt sie ein kleiner Rochen an, der plötzlich hinter einem Felsen hervor schwebt.

»Sie können reden?« Lola schaut ihn ungläubig an und streicht sich über ihren Hals.

»Natürlich kann ich reden, kleine Alima, hier unter Wasser ist alles ein bisschen anders, aber daran wirst du dich schon gewöhnen. Ich habe deine Verwandlung beobachtet. Das sah wirklich sehr, sehr anstrengend aus, doch du hast es ganz großartig gemeistert. Ich bringe dich erst mal zu Apaamo, dort kannst du dich ausruhen und langsam wieder zu deinem wahren Selbst finden.«

»Sie müssen mich verwechseln, ich heiße nicht Alima. Und wer ist Apaamo? Und was meinen Sie mit *zu meinem wahren Selbst finden*? Was bin ich, wer bin ich und wo? Ich ... ich ...«

»Keine Angst, auf dem Weg nach Lumia können

wir all deine Fragen klären. Wir müssen jetzt erst mal hier weg, du hast dir nicht gerade die sicherste Gegend für deine Verwandlung ausgesucht. Denn hier im Meer treiben sich wüste Gestalten herum. Wir müssen nach Lumia, uns mit Apaamo treffen und alles Weitere klären.«

»Lumia? Ich habe noch nie von einem Ort gehört, der so heißt.«

»Natürlich nicht, er ist ja auch unter Wasser«, lacht Muri, »aber dies führt nun wirklich zu weit, wir müssen uns jetzt beeilen! Schwimm hinter mir her, umso schneller kann ich dir alles erklären, kleine Alima!«

»Oh, da muss ich Sie enttäuschen, Herr Muri, ich liebe zwar das Wasser, eine besonders gute Schwimmerin war ich jedoch nie.«

»Das wird sich ab jetzt grundlegend verändern«, klärt Muriel sie auf. »Sieh dich doch bloß mal an, du bist eines der schnellsten Wasserwesen dieser Erde!«

Lola sieht an sich herunter und erblickt wieder voller Bewunderung diese wunderschöne blau schimmernde Flosse. Sie bewegt sie ganz vorsichtig, lässt sie leicht schwingen, bleibt mit ihrem Oberkörper jedoch noch am Boden.

»Sie ist so leicht«, stellt sie überrascht fest. Dann bewegt sie sie etwas schneller, mit jedem Flossenschlag merkt sie, wie ihr Mut und ihr Selbstvertrauen wachsen. Sie fühlt es wieder, dieses freudige Kribbeln. Ermutigt von ihrer neu erlangten Kraft versucht sie sich zu erheben. Erst langsam, dann immer schneller vollführt sie wellenartige Schwimmbewegungen, als hätte sie nie etwas anderes getan. Es bereitet ihr so große Freude, dass sie anfängt zu spielen, sich im Kreis zu drehen und Loopings zu machen. Die Wellen, die dadurch entstehen, schleudern Muriel weg.

»Langsam, langsam, Prinzessin, spar dir deine Kraft lieber für den Weg auf. Du bist ja ein richtiges Naturtalent. Nun komm und folge mir.« Ehe Lola sich versieht, ist Muriel auch schon in der Weite des Meeres verschwunden, doch mit nur wenigen Flossenschlägen hat sie ihn bereits wieder eingeholt, nicht ahnend, dass finstere Augen sie aus der Dunkelheit beobachten und ihnen folgen.

Nachdem sie zwei Stunden durch den Ozean geschwommen sind, sieht Lola ein Riff. Die Korallen und deren bunte Fischwelt leuchten in allen erdenklichen Farben. Lola ist fasziniert, fühlt sich von dieser Pracht und Schönheit angezogen und schwimmt mit kräftigen Flossenhieben darauf zu.

Nachdem Muriel einige Flossenschläge später auch fast bei dem Riff angelangt ist, sieht er Lola direkt auf ihr Unheil zuschwimmen.

»Alima, pass auf! Nicht über den Helenengraben, dort fühlen sie sich bedrängt, komm ihnen nicht zu nahe!«

»Wem denn, Muriel? Und welcher Graben? Ich sehe nur dieses wunderschöne Riff.«

»Den Muränen, und du schwebst genau über ihnen. Bereits ein Biss kann dein Blut mit tödlichem

Gift infizieren. Doch sie greifen nur an, wenn sie sich eingeengt fühlen oder bei großer Aufregung, denn dann versuchen sie sich zu verteidigen. Sie spüren deinen Herzschlag, mein Kind, also versuche dich nicht aufzuregen oder in Panik zu geraten. Beweg dich nicht zu schnell.«

Und tatsächlich, kurz bevor das Riff beginnt, offenbart sich ein tiefer Graben. Lola schaut den kleinen Rochen mit erschrockenen Augen an, erstarrt und hört ihr Herz laut und deutlich schlagen, poch ... poch ... poch ... poch ... poch ... poch ... Sie spürt, wie ihr Herz immer schneller und schneller schlägt.

»Und wie soll ich das machen?«

»Versuch dich zu beruhigen, glaube an die Kraft in dir, denk an einen Ruhepol, einen Gedanken, der dich entspannt. Und Lola, ganz wichtig, schwimm erst weiter, wenn sich dein Herzschlag beruhigt hat!«

»Einen Ruhepol, was meinst du dam...« Doch ehe Lola ausreden kann, schießen auch schon zwei Muränen aus ihren Höhlen und schlängeln mit ihren aalartigen Körpern in weiten Bögen um sie herum. Sie bemerkt sofort deren auffällig große Mäuler.

»Das müssen Späher sein, beruhige dich. Jetzt!«, mahnt sie Muriel nochmals.

»Wassss bisssst du, wassss willssst du, wass sagsssss unsssssss, geh weg von unssss, ssonsssst wirssst du sstarke Sssssschmerzzzzen ssspüren!«, zischen die Muränen

»Nein, ich ... mein Name ist Lola, ich bin nur aus

Versehen über euren Graben geschwommen. Ich wollte euch nichts tun oder euch angreifen. Mein Freund Muriel und ich sind nur auf der Durchreise. Und wir wollen nur nach Lu...«

»... und einen alten Freund von mir treffen. Er heißt Luma. Ich habe ihn schon so lange nicht mehr gesehen, kennt ihr ihn? Ich muss mich noch einmal für meine kleine Meerjungfrau entschuldigen, sie ist neu in dieser Gegend und wusste nicht, dass dies hier euer Gebiet ist«, unterbricht Muriel sie.

»Hmmmm, interessssssssant, euer Vorhaben. Aber jeder weißßß, dassssss diessss unssser Graben isssst. Wir kennen keinen Luma, vielleicht lügt ihr unsssss an oder vielleicht ssssagt ihr auch die Wahrheit, doch eure Aufregung verrät anderessss.«

Adrian sitzt am Strand. Obwohl er ein Wesen des Meeres ist, hat er sich auch schon immer an Land sehr wohl und ein bisschen zu Hause gefühlt. Er blickt auf die gigantische Weite des Meeres. Die Sonne geht gerade unter. Die große, warm leuchtende Kugel versinkt langsam am Horizont. Rosa Wolken ziehen über ihm am Himmel vorbei. Er weiß nicht, warum, aber dieses Mädchen aus dem Club geht ihm einfach nicht mehr aus dem Kopf.

Es ist nur ein Auftrag, sie ist nur ein Auftrag, nicht mehr und nicht weniger, redet er sich immer wieder ein, *aber irgendetwas stimmt nicht mit ihr, es muss mehr dahinterstecken, als Yarus uns erzählt hat. Diese Augen, ihr Lachen und ihr Geruch. Wie schön wäre es jetzt, wenn sie bei mir wäre! Irgendwie fühlt es sich so an, als wäre sie ganz nah. Ach, das ist doch verrückt! Reiner Blödsinn, alles Gehirnwäsche*, denkt er sich. Yarus hat seinen beiden Findelkindern ständig eingebläut, sich niemals zu verlieben. Liebe mache einen nur verwundbar und verletzlich. Liebe sei gefährlich, auch ihre Eltern seien deshalb gestorben, blind vor Liebe. Ständig wiederholte er dies wie ein Mantra. Doch dieser Konflikt in seinem Inneren, es nicht zu dürfen und gleichzeitig diese Sehnsucht nach etwas Unbekanntem, Neuem, Aufregendem zu spüren, macht ihn wahnsinnig. Noch nie hat er so etwas für eine Frau empfunden, und er *darf* es auch nicht. Wütend schlägt er mit einer Faust in den warmen Sand. *Ich werde diesen Auftrag ausführen, so wie jeden anderen auch.* Entschlossen steht er auf. Als er noch einmal auf das Meer hinausblickt, sieht er eine unruhige Meeresoberfläche beim Helenengraben. Wie von einer unsichtbaren Kraft getrieben, nähert Adrian sich dem Ufer. Er schreitet ins Wasser, sogleich türmen sich Wellen um seinen muskulösen Körper. Und er verwandelt sich …

Lola ist immer noch wie gelähmt vor Angst.

»Wassssssss issssssst jetzt mit dir, kleine Meerjungfrau? Du ssssiehsst anderss ausss alssssssss ein gewöhnlicher Meermaidianer. Irgendetwasss issssssst faul mit dir, tut uns leid, wir müsssssseen dich zu unsssserem Herrrrsssscher bringen, so verlangt essss dasss Gesssetz.« Da Lola das Herz inzwischen bis zum Hals schlägt und sie sich zu beruhigen versucht, atmet sie tief durch. Kurze Bilder von Lia flackern vor ihrem geistigen Auge auf, sie fühlt sich ganz, sie spürt Kraft, Stärke und Selbstsicherheit. Ihr Puls beruhigt sich, und das spüren auch die Muränen, die durch ihren ausgeprägten Geruchssinn wegen ihrer vier Nasenlöchern die Angst wittern können. Sie nehmen sogleich Abstand und schlängeln sich wieder in Richtung des Grabens zurück. Adrian, der als Kind einer Zarane die Fähigkeit hat, unter Wasser weit klar und deutlich zu sehen, erblickt das Mädchen und die Muränen.

»Was machst du denn da? Das ist gefährlich, hau ab von dem Graben. Schwimm, so schnell du kannst!«, ruft Adrian besorgt. Lola reißt ihre Augen auf und erahnt in der Ferne den Umriss eines Meermenschen. Ohne genau sehen zu können, wer es ist, fühlt sie es sofort. Diese Stimme würde sie unter Tausenden wiedererkennen. Es ist der Mann aus dem Club. Ihre Wangen glühen, ihr Herz beginnt zu rasen. Sie verliert die Kontrolle über ihren Körper und sinkt Richtung Graben. Sogleich stürmen die beiden Ungeheuer zurück und umkreisen Lola. Ihrer Meinung nach hat sie sich jetzt eindeutig durch ihr Herzrasen verraten und sich als Angreiferin geoutet. Eine der beiden öffnet ihr großes Maul, bohrt ihre spitzen Zähne direkt in Lolas Taille und schnellt sofort zurück.

»Dasssss war nur eine Warnung, folgt unssss nun zu unssserem Herrrrssscher!« Beide reißen ihren

Schlund weit auf. Dann schlängeln sich die Muränen in die Tiefe.

Lola krümmt sich vor Schmerzen und sinkt dadurch weiter Richtung Graben. Aus ihrer Wunde fließt stetig blaues Blut. Adrian eilt so schnell er kann zu ihr.

»Ich wusste es«, murmelt Adrian. Sie sieht den Meermann nun direkt vor sich, seine wunderschönen braunen Augen blicken sie besorgt an. Kurz darauf verliert sie, mit einem Lächeln in ihrem Gesicht, das Bewusstsein. Er nimmt sie vorsichtig auf seine starken Arme und schwimmt mit ihr fort.

»Moment mal, ihr sssollt unssssssss folgen«, wiederholen die Muränen noch einmal. Nur eine kurze abweisende Kopfbewegung von Adrian schleudert beide Späher mit enormer Kraft zurück an die bröcklige Wand des Grabens, dann verschwindet er mit Lola in die Dunkelheit des Ozeans. Der kleine Rochen bleibt erstaunt zurück.

Während Adrian schnellstmöglich nach Lumia eilt, kann er seine Blicke nicht von Lola abwenden, die immer noch bewusstlos in seinen Armen liegt. Aus der Nähe sieht sie wie eine schlafende Märchenprinzessin aus. Er ist mit sich im Zwiespalt, denn die Muränen hätten Lola zu Yarus gebracht, doch was würde dort mit ihr passieren. Er weiß genau, dass er sie nicht selbst heilen kann, denn die Menge an Bakterien, die ein Muränenbiss enthält, würde sogar einen Walfisch umbringen. Er muss sich Hilfe von einer höheren Macht holen. *Und hat Yarus uns nicht ausdrücklich gesagt, wir sollen ihm die Wesen unversehrt bringen?,* versucht er sich selbst zu belügen.

Der Tempel von Lumia erstrahlt in seiner ganzen Herrlichkeit. Er besteht aus reinem Licht. Ein Schwarm fluoreszierender Fische schwimmt in Form einer liegenden Acht in einer Dauerschleife um die Säulen herum. Als Adrian den Tempel erblickt, zögert er kurz, da er in Lumia als Eindringling nichts verloren hat. Doch dies zählt nun alles nicht mehr, nur sie ist noch wichtig. Um nicht geblendet zu werden, kneift er seine Lider zusammen.

Ein stattlicher Meermaidianer befindet sich in der Mitte des Tores. Entschlossen schwimmt Adrian auf ihn zu.

14

... UND WENN DER NEBEL
VERSCHWINDET ...

*L*ia ist wieder im Meer und versucht mit all ihrer Kraft das blonde Mädchen zu erreichen. Sie schafft es und ergreift seine Hand. Im selben Augenblick fällt die Watte von ihr ab, die ihre Gedanken bis jetzt so sanft in Frieden, Glück und Erregung gebettet hat. »Lola!« Mit dieser Erkenntnis ergreift eine Welle die beiden Mädchen, und sie werden auseinandergerissen. Jetzt kann Lia sich wieder an alles erinnern: das Schiff, den Sturm und den Moment, in dem Lola und sie ins Wasser fielen. Einfach alles ist wieder da. Es wird hell und die schwarze Schildkröte erscheint.*

»Lia, lauf, lauf, so schnell du kannst. Lauf und finde Lola! Ich werde ihn aufhalten, so lange ich kann. Schnell!« Die vertraute Stimme verklingt, und Lia erwacht aus ihrer Traumvision. Sie liegt allein im Bett. Es muss wohl schon später Nachmittag sein, da die Sonne schon wieder sehr tief steht. Wie kann sie

nur so lange geschlafen haben? Wie beim ersten Erwachen ergreift sie die reine Panik. In ihrem weißen Kleid schleicht sie zur Treppe. Sie hört Kyles Stimme. Er telefoniert.

»Wenn ich´s dir doch sage, sie ist jetzt seit einer Woche bei mir und ich schaffe es einfach nicht. Es ist, als wäre ihr Geist hinter einer dicken Stahltüre versteckt. Ja, ja, natürlich habe ich das auch probiert. Nein, natürlich bin ich vorsichtig, sobald sie sich im Traum annähernd erinnern kann ... na ja, dann, du weißt schon. Obwohl ich nicht verstehe, warum sie sich überhaupt zu erinnern beginnt. Das ist eigentlich unmöglich. Ich weiß nicht, warum die zwei so wichtig für Yarus sind. Ja, mhm.« Seine Stimme entfernt sich. *Oh Gott!* Lia kann kaum glauben, was sie hört. Ihr Herz rast und droht in tausend Stücke zu zerspringen. Sie muss hier raus. Die Haustür kann sie vergessen, deshalb geht sie zurück ins Schlafzimmer und öffnet die Balkontür. Zum Glück befindet sich der Balkon seitlich am Haus, sodass zumindest eine kleine Chance besteht, ungesehen von hier fliehen zu können. Nervös sucht Lia nach einer Möglichkeit, um halbwegs sicher nach unten zu kommen. Der einzige Weg scheint der über den alten Baum zu sein, der ganz nah am Haus steht. Sie klettert auf die wackelige Balkonbrüstung, nimmt all ihren Mut zusammen und springt. Gerade noch bekommt sie den Ast zu greifen und ist überrascht, dass sie so weit springen konnte. Schnell klettert sie den Baum hinunter, rutscht ab und schürft sich ihr linkes Bein schmerzhaft auf. Mit wackligen Beinen beginnt Lia zu laufen, ohne zurückzublicken. Sie hat keine Ahnung wohin sie flieht, das einzige was zählt ist, so schnell wie möglich Abstand zwischen sich und Kyle zu bringen. Als der Sand in felsiges Gelände übergeht, wagt sie es, ihr Tempo zu verlangsamen. Er scheint ihre Flucht noch nicht bemerkt zu haben. Wo soll sie hin? Sie bleibt stehen und versucht sich zu orientieren. Stumm bittet sie, wen auch immer, dass sich eine Lösung bieten möge. Plötzlich hört sie ein Knacken. Kampfbereit springt sie auf, kann aber niemanden sehen. Aber als Lia ihren Blick auf den Boden richtet, blickt sie in die grünen Augen der dreibeinigen Katze.

»Wie kommst du denn hier her? Bin ich im Begriff verrückt zu werden?« Das Tier legt sich auf den Rücken und blinzelt Lia zu. Dann steht die Katze auf und geht. Nach einigen Metern bleibt sie jedoch stehen und dreht sich zu Lia um. Fast so, als wolle sie sie auffordern, ihr zu folgen.

Als Kyle mit zwei Tassen Kaffee ins Schlafzimmer zurückkehrt, stockt ihm der Atem. Sie ist weg. Er lässt die Tassen fallen und durchsucht das ganze Haus. Dann stürzt er zur Haustür, reißt sie auf. Doch etwas stimmt nicht. Er kann nicht hinaustreten. Es ist, als würde er gegen eine unsichtbare Mauer prallen. *Verdammt!* Er muss sie finden.

Lia folgt der dreibeinigen Katze jetzt schon eine ganze Weile. Endlich verändert sich die Landschaft und vor ihr öffnet sich eine schöne Bucht. Sie zweifelt zwar nach wie vor an ihrem Verstand, aber irgendetwas in ihr gibt ihr das Gefühl, dass sie richtig handelt. Und tatsächlich, vor sich sieht sie eine kleine, etwas heruntergekommene Holzhütte. Die Hütte steht im Schutz der Palmen, sodass man sie erst bei genauerem Hinsehen erkennen kann. Das Tier läuft auf den Holzverschlag zu und Lia folgt ihm. Leise umkreist sie die kleine Hütte, um herauszufinden, ob sich jemand darin befindet. Das kleine Wesen kratzt an der Tür. Diese öffnet sich daraufhin langsam. Lia traut ihren Augen kaum. Sie kennt diesen Mann. Es ist der alte schrullige Fischer aus der Bar. Mike Mules Augen erstarren. Er scheint Lia ebenfalls zu erkennen.

»Was machst du hier?« Mit diesen Worten zieht er Lia in die Hütte. Deren Inneres ist genauso alt und schäbig, wie man es von außen vermutet.

»Wie bist du hierhergekommen? Wo ist deine Freundin aus der Bar?« Lia ist verwundert. War er in der Bar nicht verwirrt und hat schräges, sinnloses Zeug erzählt? Aber was bleibt ihr schon übrig? Er ist die einzige Person, die ihr im Moment helfen kann, Lola zu finden.

Nach einer halben Stunde hat sie dem Fischer alles erzählt, was seit dem ersten Tag auf der Uni alles passiert ist. Sie berichtet von dem Vorfall auf der Poolparty, der Verfolgung durch Adrian und Kyle, dem magischen Wald, dem Schiffsunglück und schließlich auch von den letzten Ereignissen aus Kyles Strandhaus. Natürlich bekommt Mike Mule

nur eine kurze, undetaillierte Form der Vorkomm-
nisse zu hören. Er hat die ganze Zeit geschwiegen,
hat nur ab und zu verständnisvoll genickt. Als er
auch nach einigen Sekunden nicht auf das Erzählte
reagiert, fragt Lia hoffnungsvoll:

»Haben Sie ein Boot? Können Sie mir helfen,
Lola zu finden? Bitte.«

»Ja, ich habe ein Boot. Wir können erst morgen
früh in See stechen. Aber du weißt nicht, worauf du
dich da einlässt! Warnung, Warnung, Warnung!!!!«
Da ist also wieder der schräge Typ aus der Bar, der
sich wie ein verrückter Pirat anhört, wenn er beim
Sprechen seine Worte in die Länge zieht und das R
rollt, als würde es in seiner Kehle feststecken. Immer
wieder verfällt er in wirre, unzusammenhängende
Erzählungen. Lia ist sich nicht sicher, ob sie wirklich
allein mit diesem seltsamen Mann auf die Suche
gehen soll. Aber sie hat keine Wahl. Wenn sie Lola
finden will, muss sie dieses Risiko in Kauf nehmen.
Doch dann benimmt sich Mike Mule wieder überraschend normal und bereitet ihr eine vorzüglich
duftende Tomatensuppe zu. Als Lia merkt, wie
fürsorglich der Fischer sich um sie kümmert und
dass es sich mittlerweile auch die schwarze Katze in
der Hütte gemütlich gemacht hat, beginnt sie
Vertrauen zu ihm aufzubauen. Sobald sie sich nicht
mehr fürchtet erscheinen ihr seine kurzen Aussetzer
auch nicht mehr so beängstigend und sie versucht
seinen spannenden Geschichten von der rauen See
zu lauschen. Doch immer wieder fallen ihr die

Augen zu, bis sie schließlich ganz auf der abgehalfterten Couch in der Hütte einschläft. Mike Mule legt eine Decke über sie und beobachtet sie beschützend noch eine Weile beim Schlafen.

Nach einer unruhigen Nacht erwacht Lia am frühen Morgen. Die Katze liegt zusammengerollt an ihren Beinen und schläft friedlich. Die Sonne zeigt ihre ersten Strahlen. Von draußen hört sie den alten Fischer murmeln und alte Seemannslieder singen. Sie steht auf und geht ans Wasser, wo der alte Mann gerade das Boot belädt und startklar macht.

»Guten Morgen, Retterin der Meere. Gut geschlafen?«

»Äh, danke, ja. Wie heißen Sie eigentlich? Ich bin Lia.« Verdutzt starrt der Mann auf ihre ausgestreckte Hand.

»Mike, Mike Mule«, antwortet er und ignoriert dabei Lias Hand. »Okidoki, Kleine. Wir sind startklar.«

Lia steigt in das in die Jahre gekommene kleine Fischerboot.

»Und wer versorgt Ihr Haustier, während Sie nicht da sind?«

»Welches Haustier?«

»Na ja, die schwarze Katze.«

»Du hast wohl noch einen Schock, Kleine, ich habe kein Haustier.«

Auch Lia kann die Katze nirgends mehr sehen. Kopfschüttelnd steigt der Captain aufs Boot. Nur mit Mühe springt der Motor an. Die Suche beginnt.

· · ·

Sie sind jetzt schon drei Stunden mit dem alten Boot unterwegs und wissen nicht, wo genau sie suchen sollen. Deshalb klappern sie zunächst alle Buchten in der Umgebung ab. Lia hat versucht, sich an die letzten Koordinaten zu erinnern, also an die Stelle, an der sie und Lola über Bord gegangen sind. Aber ganz sicher ist sie sich nicht. Nachdem sie an den vermeintlichen Zielkoordinaten angekommen sind, versuchen Mike Mule und Lia auf einer alten Karte einen Plan zu erstellen. Er geht mit Lia alle Möglichkeiten durch, in welche Richtung die Strömung Lola getragen haben könnte. Es ist nicht einfach, da der alte Fischer immer wieder in seinen verwirrten Zustand verfällt. Sie sind seit den frühen Morgenstunden auf der Suche, doch bis jetzt ohne jede Spur. Als sich der Tag zu Ende neigt und die Dunkelheit langsam das Meer einzuhüllen beginnt, sagt Mike liebevoll zu Lia:

»Wir müssen für heute abbrechen. Ich verspreche dir, mit dem ersten Sonnenstrahl werden wir die Suche fortführen.«

Lia würde am liebsten die ganze Nacht weiter nach Lola suchen. Doch sie weiß, dass es nicht sinnvoll wäre, die Suche in der Dunkelheit fortzusetzen. Dankbar für Mikes aufmunternde Worte legt sich Lia mit einer alten Jacke, die sie auf dem Boot gefunden hat, auf das Deck, während Mike sich in die Kajüte zurückzieht. Ihr Blick ist nach oben gerichtet. Die

Sterne funkeln in dieser Nacht besonders schön, so, als wollten sie ihr Hoffnung geben.

Lola, wo bist du nur? Wo bist du? Wo sollen wir noch suchen? Mit diesen Gedanken fällt sie in einen unruhigen Schlaf.

Lia befindet sich wieder im kalten, wild tosenden Meer. Sie sieht das Schiff von Agarius und wie sie und Lola gegen die riesigen Wellen ankämpfen. Dann wird es dunkel. Nur kurz darauf ist das Meer vollkommen verändert, es ist hell und warm, und sie kann ein vertrautes Lachen hören. Lia blickt sich um. Und tatsächlich, es ist Lolas Lachen. Doch es ist ein merkwürdiger Anblick. Lola befindet sich unter Wasser. Lia kann nur ihr Gesicht klar erkennen, der Rest des Körpers ist verschwommen. Es scheint ihr gut zu gehen. Sie lacht und kommuniziert mit jemandem, den Lia aber nicht sehen kann. Voller Erleichterung und Freude will Lia zu Lola gelangen. Doch sie kann sich ihr nicht nähern. Denn immer, wenn sie Lola fast erreicht hat, befindet sie sich plötzlich wieder an der Stelle, von der sie losgeschwommen ist. Verzweifelt versucht sie es immer und immer wieder. Als sie endlich einsieht, dass sie nicht zu ihr gelangen kann, beginnt alles um sie herum zu verschwimmen. Das Letzte, was Lia noch hört, sind die Worte einer ihr fremden Stimme:

»Nein, Lola, nicht. Das ist der Helenengraben...«

. . .

Am nächsten Morgen erwacht Lia mit dem ersten Sonnenlicht. Mike Mule kommt gerade noch etwas schlaftrunken aus der Kajüte. Lia steht sofort auf und geht zur Karte.

»Mike, wo genau befindet sich der Helenengraben?«

»Der Helenengraben? Was willst du denn da? Seltsame Wesen treiben sich dort im Wasser herum. Kein guter Ort um schwimmen zu gehen.«

»Ich weiß, es hört sich verrückt an, aber ich habe von Lola geträumt, und in diesem Traum war sie ganz in der Nähe des Helenengrabens. Mir ist klar, es ist nicht gerade viel, doch eine andere Spur haben wir im Moment leider nicht.« Mike zeichnet die Strecke ein, macht sich dann sofort an die Arbeit und startet das Boot.

Lia steht am Bug und sucht mit dem Fernglas das weite tiefblaue Meer ab. Wind kommt auf und starke Wellen peitschen um das Boot, gerade war es noch vollkommen windstill. Lia dreht sich um, sie will wissen, ob Mike eine Erklärung hat. Doch da stockt ihr der Atem. *Nein, nein, das ist einfach nicht möglich*, denkt Lia. Auch der alte Fischer ist wie erstarrt. Kyle. Kyle steht halbnackt und nass vor ihr. Seine blauen Augen funkeln sie durchdringend an.

»Wie, wie ist das möglich?«

»Tja, Kleine, es gibt so viel mehr zwischen Himmel und Erde, als du dir vorstellen kannst.« Panisch blickt Lia um sich. Irgendwo muss doch ein Rettungsboot oder wenigstens ein Schlauchboot sein. Aber es gibt nichts dergleichen. Was soll sie tun? Ihr Verstand arbeitet auf Hochtouren. Sie versucht eine logische Erklärung zu finden, sie muss flüchten. Wer weiß, was er ihr antun wird? Auch wenn sie keine Chance hat, muss sie wenigstens versuchen, Mike Mule in Sicherheit zu bringen. Er ist unschuldig und hat mit der Situation nichts zu tun. Lia dreht sich um, vollführt einen gekonnten Kopfsprung ins kalte Nass und schwimmt so schnell sie kann. Sie wirft einen Blick zurück zum Boot und kann kaum glauben, wie weit sie sich mit nur wenigen Kraulbewegungen, schon entfernt hat. Lia staunt über ihre Geschwindigkeit. Doch jetzt ist nicht der richtige Zeitpunkt, um sich darüber Gedanken zu machen. Kyle befindet sich nicht mehr in ihrem Blickfeld. Wo ist er? In diesem Moment greift eine Hand nach ihr. Kyle! Er hat sie eingeholt. Sie versucht ihn abzuschütteln. Eine ungeahnte Kraft durchströmt sie. Es gelingt ihr sich von ihm loszureißen und abzutauchen. Kyle erwischt sie erneut. Er dreht sie zu sich um. Er kann nicht glauben was er sieht. Was ist das für ein Schimmern auf ihrer Haut? Zart streicht er über Lias Körper. Lia windet sich aus seinem Griff und taucht auf. Mike befindet sich mit seinem Boot inzwischen in erreichbarer Nähe. Sie spürt Kyles Arme um ihren Bauch. Mit Leichtigkeit hebt er sie zu Mike aufs Boot und nur wenige Sekunden später kniet er neben ihr.

»Was willst du von mir? Ich habe keine reichen

Eltern, also versuch ja nicht, für mich Lösegeld zu bekommen. Damit wirst du kläglich scheitern.«

»Du glaubst, dass es um Geld geht? Ihr Menschen seid so einfältig. Außerdem habe ich dich nicht entführt, du warst freiwillig bei mir, und ich hatte nicht den Eindruck, dass es dir nicht gefällt.« Verführerisch zwinkert Kyle Lia zu.

»Ich weiß zwar nicht, wie du es getan hast, aber ich weiß, dass du ein Krimineller bist. Hast du mir was in den Kaffee gemischt? Ich war ganz sicher nicht bei Verstand.« Kyle steht auf und geht lässig zu der Karte.

»Das ist also euer Ziel? Na, dann lasst uns keine Zeit verlieren. Also, alter Mann, setz dein Gefährt in Bewegung.«

Das Boot rattert los. Kyle lässt sich neben Lia nieder.

»Was ist dein Geheimnis? Besser gesagt, euer Geheimnis? Du und Lola verbergt doch etwas. Komm schon, erzähle es mir!«

»Ich weiß nicht, was du meinst und woher weißt du von Lola? Rück du lieber mit der Wahrheit raus! Wer ist Yarus? Was will er von uns?«

»Das versuche ich ja herauszufinden. Aber du wehrst dich mit aller Kraft dagegen, mich zu unterstützen.« Lia reicht es. Sie springt auf und sucht nach Worten, versucht, auf diesem kleinen Boot so viel Abstand wie möglich zwischen sich und Kyle zu bringen und wendet ihren Blick dem Meer zu. Doch nur Sekunden später spürt sie jemanden neben sich.

Kyle packt Lia völlig unerwartet und springt mit ihr ins kalte, dunkle Wasser. Er hält ihren Arm fest umklammert und zieht sie unter die Wasseroberfläche. Lia kämpft. Will er sie umbringen? Er versucht sie immer weiter nach unten zu ziehen. Todesangst macht sich in Lia breit, sie glaubt zu ersticken. So will sie nicht enden. Kyle hält ihren Körper ganz nah an seinem. Sie blicken sich tief in die Augen.

»Du kannst atmen, Lia. Du wirst nicht ersticken. Konzentriere dich auf das Wasser, spüre wie du eins wirst damit.«

Lia kann sich nicht erklären, was es ist, aber als sie in Kyles Augen blickt, fühlt sie, dass er ihr nicht wehtun will. Sie schließt ihre Augen. Die Grenzen zwischen ihrem Körper und dem Wasser beginnen zu verschmelzen. Ihr Körper wird leicht. Sie kann weit entfernte Walgesänge hören, eine angenehme Wärme umgibt sie. Ihre Haut beginnt zu kribbeln. Als sie ihre Augen wieder öffnet, ist alles ganz hell um sie herum. Kyles Körper schimmert. Er schimmert in zarten Farben und strahlt. Dann lässt er sie los und in diesem Augenblick sieht Lia an sich hinunter. Auch ihr Körper schimmert. Zarte Pastellfarben überziehen ihre Haut, so wie damals im Pool mit Lola, nur dass sie diesmal auf ihrem gesamten Körper sind.

»Was passiert mit mir?« fragt Lia erstaunt.

»Wie gesagt, es gibt so viel mehr zwischen Himmel und Erde, als du ahnst.« Kyle streckt ihr seine Hand entgegen und Lia ergreift sie.

»Vertraust du mir?« Sie nickt zaghaft.

»Dann komm mit mir, ich zeige dir, was du wirklich bist.« Sie schwimmen los. Immer tiefer und tiefer. Nach kurzer Zeit bemerkt Lia, dass sie gar nicht mehr selbst in Bewegung ist, sondern von Kyle mit hoher Geschwindigkeit gezogen wird. Ihr Blick gleitet an seinem Körper entlang. *Wow! Jetzt bin ich entweder tot oder ich halluziniere*, denkt Lia. Denn anstelle von Kyles Beinen befindet sich dort nun eine ... ja was ist es? Er ist ein Meermann. Kyle, der ihre Fassungslosigkeit bemerkt, verringert seine Geschwindigkeit.

»Gib dich dem Meer hin, Lia. Lass es zu!« Mit diesen Worten beginnt ihr Körper sich zu verwandeln, und nur einige Sekunden später hat auch Lia eine Flosse anstelle von Beinen.

15

FREUND ODER FEIND

*L*ia und Kyle tauchen immer tiefer in die fantastische Unterwasserwelt ein. Dabei vergisst Lia, dass sie ihm nicht vertrauen wollte und dass Mike auf dem Boot wartet, sie vergisst alles um sich herum. Sie lebt nur in diesem Augenblick und fühlt sich, als würde – könnte - sie fliegen. Vollkommen frei. So frei hat sie sich noch nie zuvor gefühlt. Zum ersten Mal, seit Lia denken kann, ist sie zu Hause. Sie ist erleichtert, endlich angekommen zu sein, und ihr Herz schlägt schneller vor Aufregung. Ihre Augen füllen sich mit glitzernden Tränen. Doch es sind Tränen der Freude, Tränen der Erleichterung. Nach all den Jahren, in denen sie sich oft verloren gefühlt hat, ist das Gefühl, an einen Ort zu gehören, einfach überwältigend.

Nach minutenlangem Dahingleiten hat Lia sich an die neue Umgebung gewöhnt. Und was sie sieht, verschlägt ihr erneut den Atem. Sie hat immer gedacht, dass es im Meer ab einer gewissen Tiefe vollkommen dunkel ist. Doch was sich ihren Augen offenbart, ist wie ein Paradies. Es ist hell, das Wasser glasklar. Sie kann den Grund erblicken. Dort wachsen die schönsten Pflanzen, die sie je gesehen hat. Lia schwimmt eine Linkskurve und verschwindet inmitten tiefgrüner Wasserpflanzen, die wie ein Wald am Grund des tiefen Ozeans aussehen. Kyle hat Lia aus den Augen verloren. Als er eine Bewegung zwischen den Pflanzen wahrnimmt, ist er erleichtert und schwimmt ebenfalls hindurch. Er erreicht Lia und ergreift ihren Arm. Entgegen aller Erwartungen lächelt er sie nur an, nimmt ihre Hand und schwimmt mit ihr durch den grünen Unterwasserdschungel. Nach einigen Metern lichtet sich das Dickicht. Wunderschöne bunte Fischschwärme ziehen an ihnen vorbei. Alles schimmert und glitzert in den schönsten Farben des Regenbogens. Lia schwebt durchs Wasser, sie fühlt sich wie neugeboren. Neugeboren an einem Ort, den ihr Herz anscheinend so vermisst hat. Kyle ist erleichtert, er beobachtet Lia und ist dankbar, dass sie ihr neu entdecktes Leben so zu genießen scheint. Er lässt ihr noch etwas Zeit in der neuen Umgebung, bevor er ihr deutet, dass sie wieder zum Boot zurückkehren sollten. *Lola! Wie konnte ich mich nur so verlieren?*, denkt Lia.

»Wir sollten deine neu entdeckten Fähigkeiten

nicht überstrapazieren, bis zu den Koordinaten fahren wir mit dem Boot« sagt Kyle.

Mike Mule kann es kaum glauben, als die zwei nach einigen Minuten wiederauftauchen, als ob sie nur einige Sekunden unter Wasser gewesen wären. Kyle umfasst Lias Taille und hebt sie zu Mike aufs Boot, und nur einen Augenblick später werden ihre Körper wieder menschlich. Kyle kniet neben ihr und legt ihr ein Tuch über ihren nackten Körper. Er streift ihr die nassen, schwarzen Haarsträhnen aus dem Gesicht. Ein düsterer Blick von Kyle genügt und Mike Mule weiß, dass es wohl klüger ist, nicht nachzufragen.

»Ok, ihr habt diese Koordinaten auf der Karte markiert. Wie kommt ihr auf sie?« fragt Kyle. Lia, die die Leichtigkeit und das Vertrauen von eben wieder verloren hat, ist sich sicher, dass sie ihm nicht von ihrer Vision berichten möchte.

»Hilfst du uns oder nicht? Ich weiß, dass Lola sich dort befinden muss. Das ist alles, was du wissen musst«, sagt Lia in einem scharfen Tonfall.

»Dann mal los. Lasst uns keine Zeit verlieren!«

Mit diesen Worten startet Kyle das Boot und steuert in Richtung der markierten Koordinaten.

Nach etwa zwei Stunden stoppt er das Boot.

»Ab hier schwimmen wir wieder«, sagt Kyle und nimmt Lias Hand.

»Mike, Sie können zurückfahren«

Mit diesen Worten zieht er Lia mit sich ins kalte Nass.

Diesmal verwandelt sich Lia innerhalb weniger Sekunden; zuerst wieder das Schimmern auf ihrem gesamten Körper, dann das wunderbare Gefühl, und schon im nächsten Augenblick ist sie wieder eine Meermaidianerin. Kyle deutet ihr, dass sie dicht bei ihm bleiben soll. Sie gleiten immer tiefer und tiefer, und doch ist es taghell. Kyle bewegt sich so sicher und gekonnt in dieser Welt, die Lia erst kennengelernt hat. Sie passieren massive Gesteinsformationen und ebenen Grund mit hellem, glitzerndem Sand. Als sie gerade durch ein massives, felsiges Tor schwimmen, stoppt Kyle abrupt und hält Lia energisch fest.

»Was ist los?«, fragt Lia.

»Ich kann Adrian wahrnehmen. Er muss hier in der Nähe sein, aber irgendetwas scheint nicht zu stimmen. Er hat jemanden bei sich«

Mit diesen Informationen ergreift er erneut Lias Arm und zieht sie hinter sich her. Angst steigt in ihr auf. Es ist schon verrückt genug, Kyle zu vertrauen, und jetzt trifft sie gleich auf ein weiteres übernatürliches Wesen. Nach wenigen Metern kann Lia jemanden erkennen. Doch er ist tatsächlich nicht allein, er trägt einen Körper. Als Lia näher kommt, erkennt sie das Mädchen. Es ist Lola. Sie liegt regungslos in Adrians Armen. Ihre Augen sind geschlossen und ihr blondes langes Haar wiegt sanft im Wasser hin und her.

»Oh Gott, Lola!« Mit wenigen Flossenschlägen ist Lia bei ihnen. »Was hast du ihr nur angetan?«

Lia ist außer sich vor Wut und Angst um Lola, sie bäumt sich mit ihrem zierlichen Körper so gut wie möglich vor Adrian auf. Kyle drängt sich dazwischen

»Lia. Warte! Adrian, was ist passiert?«

Dieser erzählt den beiden in wenigen Sätzen, was geschehen ist. Er erwähnt immer wieder eine versiegte Quelle. Lia versteht zwar nicht, was diese mit Lolas Rettung zu tun haben soll, erkennt aber an Kyles Gesichtsausdruck, das Lola hier verloren ist. Er senkt seinen Blick. Verzweiflung breitet sich in Lia aus.

»Es ist hoffnungslos ...«, beginnt Kyle. Doch im selben Augenblick erfüllt ein helles Strahlen die Umgebung. Es kommt von den Amuletten der Mädchen.

»Natürlich, ich kann Lola retten!«, ruft Lia und bittet Adrian still, ihr Lola zu übergeben. Er zögert einen Moment. Doch er sieht das Flehen in Lias Blick, und schweren Herzens legt er Lola behutsam in ihre Arme. Sie ist erstaunt, wie besorgt dieser Mann um Lolas Leben zu sein scheint. Das Strahlen wird immer heller und die Amulette beginnen sich zu verbinden. Nur einige Sekunden später sind die Mädchen verschwunden. Wie in Luft aufgelöst. Zurück bleiben zwei verblüffte Seelenwandler ...

16

IM SCHUTZ DES WALDES

*N*achdem das Strahlen vorüber ist und Lia die Augen öffnet, befinden sie sich erneut in ihrem wunderschönen, verzauberten Wald. In dem Moment, in dem ihre Füße zum ersten Mal den Waldboden berühren, beginnen sich zarte, samtige Blätter wie eine Decke um ihren und Lolas Körper zu hüllen.

Ok, Lia, denk nach! Was hat Lady Lilien über diesen Ort erzählt? Wie kann ich Lola retten? Plötzlich ist ein leises Knacken zu hören. Erschrocken erhebt Lia sich und blickt sich um. Ihr stockt der Atem. Zwischen den dunkelgrünen Blättern eines alten Baumes bewegt sich etwas. Lia befürchtet das Schlimmste. Dem Rascheln nach zu urteilen muss es irgendetwas großes sein. Sie hört ein Schnauben und dann kommt ein schwarzes Pferd ruhigen Schrittes auf sie zu. Aber es ist kein gewöhnliches Pferd. Es ist ein

Einhorn. Tiefschwarz und wunderschön. Auch das Horn ist schwarz, doch goldene Partikel schimmern darin. Langsam und bedächtig gehen die zwei aufeinander zu. Schritt für Schritt nähern sie sich einander an. Als sie dicht voreinander stehen, hält Lia ihren Atem an. Das Einhorn scheint Lias Angst zu spüren. Behutsam legt es sich auf den Boden. Es scheint, als würde es Lia deuten, dass sie mit Lola aufsteigen soll. Lia zieht Lola`s bewusstlosen Körper auf den Rücken des Pferdes und steigt dann selbst auf. Das anmutige Wesen beginnt erst langsam zu traben, dann zu galoppieren. Vorbei an dem alten Baum, immer tiefer in den Wald hinein. Trotz des holprigen Weges kann Lia keine Erschütterung wahrnehmen. Sie lässt sich einfach tragen. Nach einiger Zeit lichtet sich der Wald und das Einhorn verringert seine Geschwindigkeit. Es geht auf eine Felsformation zu, die von einem mächtigen Wasserfall geteilt wird, und schreitet durch das knöcheltiefe Wasser. Kurz vor dem Wasserfall bleibt es stehen, sodass Lia bereits den Wassernebel auf ihrer Haut spürt. Wie aus dem Nichts tauchen zwei Wachmänner auf und versperren ihnen den Weg. Lia erschrickt. Sie begutachten die Mädchen und ohne ein Wort verschwindet einer der beiden. Lia ist verunsichert, denn sie weiß nicht, was sie als nächstes erwartet. Ihr Blick schweift unruhig umher, ohne den Wachmann je ganz aus den Augen zu lassen. Kurze Zeit später ist eine männliche Stimme zu hören. Es ist der Wächter, der in Begleitung einer Frau zurückkommt. Sie trägt ein wunderschönes Kleid, das aussieht, als bestünde es nur aus Zweigen und Blüten, und doch scheint es ein durchgehender Stoff zu sein, der ihren Körper umhüllt. Ihr braunes Haar ruht zu einem kunstvoll geflochtenen Zopf auf ihrem Rücken. Sie bleibt stehen. Mit ihren dunkelbraunen Augen mustert sie die Besucher. Sie atmet ein, und beim Ausatmen geht von ihrem Körper eine Welle aus zartem, goldenem Licht aus, das Lola und Lia langsam einzuhüllen scheint. Dann tritt sie näher an das Einhorn und blickt Lia in die Augen.

»Willkommen. Ich bin Waira, die Hüterin der Erdquelle. Ich spüre die Angst in dir, aber sei unbesorgt, ich kann deine Freundin retten. Öffnet das Tor! Ihre Herzen sind rein und sie bedürfen unserer Hilfe.«

Waira ruft einen Namen und ein groß gewachsener junger Mann erscheint im Eingang. Auf Wairas Zeichen hin geht er zu dem Einhorn und nimmt Lola mit Leichtigkeit auf seine Arme. Er trägt sie durch den felsigen Tunnel, der sich hinter dem Wasserfall befindet. Waira und Lia folgen ihm. Lia erklärt der Hüterin, was passiert ist, denn ihr Gefühl sagt ihr, dass sie dieser Frau vertrauen kann. Diese nickt und spricht beruhigend:

»Sorge dich nicht, mein Kind, ich kann und werde deiner Freundin helfen.«

Am Ende des Tunnels angekommen offenbart sich jedoch eine Nebelwand, die silbern glitzert und undurchdringbar scheint. Doch der junge Mann geht einfach mit Lola hindurch.

Waira, die Lias Zögern bemerkt, nimmt sie an die Hand und schreitet mit ihr durch den Nebel.

Lola wird von einem sanften Hin- und Herwiegen geweckt, sie fühlt sich geborgen und sicher. Ein warmes Gefühl umhüllt ihr Herz. Als sie die Augen öffnet, weiß sie nicht, wo sie ist, doch was sie sieht, ist wunderschön. Lola befindet sich inmitten eines Waldes, der vom Vollmondlicht hell erleuchtet wird. Es ist kein gewöhnlicher Wald, er besteht aus überdimensional großem Bambus, der im Wind sanft hin- und herwiegt. Dadurch entstehen dumpfe Klänge wie die eines hölzernen Windspieles. Lola ist in ein riesiges Bambusblatt gehüllt, das sich in luftiger Höhe befindet. Als sie sich streckt, öffnet sich das Blatt sogleich. Sie setzt sich auf und lässt ihren Blick durch den Wald schweifen. Dabei bemerkt sie, dass sie nicht die Einzige ist, die hier nächtigt. Die Blätter dieses Waldes scheinen den Bewohnern als Schlafplatz zu dienen. Doch unter ihnen entdeckt Lola auch ein bekanntes Gesicht; Lia schläft ebenfalls, eingehüllt in ein Blatt. Ihr Gesichtsausdruck verrät, wie entspannt sie ist.

»Hey, Lia, wach auf«, flüstert sie ihr zu.

Schlaftrunken öffnet diese ihre Augen.

»Lola, zum Glück du bist wach! Wie fühlst du dich, wie geht's dir?«

Verwundert antwortet Lola:

»J... ja. Gut, wieso fragst du? Ich weiß nur nicht, wie wir hier hochgekommen und wo wir überhaupt sind.«

»Was ist deine letzte Erinnerung?«

Lola reibt sich mit einer Hand die Stirn und versucht sich zu erinnern.

»Lass uns erst mal nach unten gehen, dann erkläre ich dir alles«, flüstert ihr Lia zu, um die anderen nicht zu wecken.

»Und wie sollen wir das anstellen?«, fragt Lola und schaut zögerlich nach unten.

Lia grinst und greift zum Bambus. »Na, so!«, lacht sie und deutet auf die bemoosten Pilzstufen, die sich wie eine Wendeltreppe um den Bambus nach unten schlängeln. Als sie Lolas ungläubigen Blick sieht, entgegnet sie ihr sofort: »Ich verspreche dir, sie werden dich tragen. Als ich gestern am Boden stand, konnte ich es auch erst nicht glauben. Aber vergiss nicht, hier ist alles anders.«

Lia führt Lola flüsternd durch den magischen Ort und erzählt ihr alles, was nach dem Schiffsunglück passiert ist.

»Und wo sind Adrian und Kyle jetzt? Glaubst du, wir können ihnen vertrauen?«

»Ich weiß es nicht, aber immerhin wollte Adrian dich retten und war wirklich ernsthaft um dich besorgt.« Unschlüssig über die Seelenwandler gehen die beiden immer weiter.

Sie reden nochmal über alles, was in den letzten

Wochen Seltsames passiert ist; wie unglaublich verrückt, aber auch wunderschön diese spannende Zeit für sie beide doch war. Nicht in ihren wildesten Träumen hätten sie sich ausmalen können, jemals so etwas zu erleben. Beide sind sich bewusst, wie intensiv und wertvoll diese besondere Freundschaft zwischen ihnen ist. Auch wenn sie sich erst seit so kurzer Zeit kennen, können sie der Anderen voll und ganz vertrauen. Unbewusst waren sie schon immer auf der Suche nach einer Seelenverwandten. Lola und Lia erzählen sich auch, wie sie ihre erste Verwandlung zur Meermaidianerin erlebt haben. Mitten im Gespräch halten beide inne und ein Grinsen macht sich auf ihren Gesichtern breit, als sie an einen kleinen türkisfarbenen See kommen.

»Denkst du dasselbe wie ich?«, fragt Lia.

»Ja, komm, tun wir`s!«, antwortet Lola aufgeregt.

Sie nehmen sich bei den Händen, atmen noch einmal tief durch und springen voller Neugier ins Wasser. Schwerelos schweben sie im türkisen Nass. Abertausende Luftblasen steigen um sie herum auf. Sie schauen sich an und sehen an der jeweils anderen die zarte pastellfarbene Haut. Zum ersten Mal erleben sie diesen Moment gemeinsam. Die glitzernde Schlange taucht wieder wie aus dem Nichts auf, schlängelt sich um ihre Körper und hinterlässt ihren silbernen Faden, sodass sie nun entspannt unter Wasser atmen können. Die Verwandlung geht diesmal leicht und mühelos vonstatten. Voller Freude tauchen sie tiefer und tiefer. Sie schwimmen immer schneller und ihre Bewegungen werden übermütiger. Lia dreht sich um ihre eigene Achse und ist voll und ganz im Hier und Jetzt. Lola fühlt ihre tiefe Verbundenheit mit dem Wasser und mit dem großen Ganzen. Sie tauchen zum Grund des Sees. Dort angelangt legen sie sich rücklings auf den feinsandigen Grund. Das Wasser ist so klar, dass man von dort unten noch den Sternenhimmel sehen kann. Entspannt und mit einem Gefühl vollkommener Zugehörigkeit bestaunen sie die vielen Sternschnuppen, die in dieser Vollmondnacht zu sehen sind.

17

BLINDER HASS

*N*achdem die beiden Mädchen verschwunden sind, beschließen Adrian und Kyle sich so schnell wie möglich in Yarus` Reich zu begeben und ihm von den neuesten Ereignissen zu berichten. Sie sind fest davon überzeugt, dass Lola und Lia keine Bedrohung darstellen und wollen nun auch ihn davon überzeugen. Seine Festung liegt gut verborgen am Grund des Helenengrabens. Nur wenige wissen, wie man dort hingelangt, doch die Seelenwandler kennen den Weg in- und auswendig. Mit hoher Geschwindigkeit bewegen sie sich gekonnt durch die engen Felsspalten, bis sie schließlich an der Hauptpforte ankommen. Dort erwartet Yarus sie schon mit düsterer Miene. Die Arme fest vor seinem Körper verschränkt, begrüßt er sie mit einem eisigen Nicken.

»Yarus, hör zu, wir haben sie gefunden. Es w...«

»Was? Stopp, wieso? *Er* ist eine *sie*?«

»Nein, nicht eine, sondern zwei«, versucht Adrian zu erklären.

»Was meinst du mit zwei?«, herrscht Yarus ihn an.

»Hör zu, wir versuchen es dir ja gerade zu erklären. Wir haben sie gefunden, die sogenannte Bedrohung, es sind zwei Mädchen. Und sie sind außergewöhnlich, jedoch alles andere als gefährlich. Was willst du eigentlich von ihnen?«

»Zwei? Das ist unmöglich! Wo sind sie jetzt, wieso habt ihr sie nicht wie vereinbart zu mir gebracht? Zwei, zwei«, murmelt er vor sich hin.

»Jetzt hör uns doch endlich mal zu!«, herrscht Kyle ihn an. »Ich habe in ihr Inneres geblickt, und sie haben nichts verbrochen. Weshalb willst du sie unbedingt aus dem Weg räumen?«

»Weil ich unser Volk beschützen möchte und von einer verlässlichen Quelle weiß, dass sie nichts Gutes im Sinn haben. Die Weibsbilder haben euch den Kopf verdreht. Habt ihr denn alles vergessen, was ich euch über die *Liebe* gepredigt habe? Nur wegen der Liebe habt ihr eure Eltern verloren. Ich habe euch wie meine eigenen Kinder behandelt, und wie dankt ihr mir jetzt dafür? Indem ihr mir nicht vertraut und mir in den Rücken fallt? Ich will diese Mädchen haben, was es auch kostet, und ihr werdet sie mir bringen.«

»Yarus, wir sind dankbar für alles, was du für uns getan hast. Von der Unschuld der beiden sind wir jedoch überzeugt, du darfst ihnen nichts tun.«

Kyle und Adrian merken deutlich, wie unbändige Wut in Yarus aufsteigt. Hasserfüllt starrt er die beiden an, seine Augen sind blutunterlaufen. Mit eisiger Stimme spricht er weiter:

»Wenn ihr nicht freiwillig tut was ich euch sage, muss ich wohl nachhelfen.«

Im nächsten Moment verdunkeln Schatten das Wasser. Eisige Kälte kriecht den beiden in die Knochen. Eine schwarze Masse schlängelt sich auf sie zu. Sie ist überall, benebelt ihre Sinne und Yarus` Stimme frisst sich hypnotisierend in ihre Gedanken.

»Sie sind das Böse, sie sind Schädlinge und wollen unser Volk vernichten, bringt sie zu mir, so schnell wie möglich!«

Mit diesem Befehl machen sich Adrian und Kyle ohne zu zögern auf den Weg. Yarus' Vertrauen in sie ist jedoch gebrochen, daher beschließt er, den beiden unbemerkt zu folgen und wenn es sein muss, den Auftrag selbst auszuführen.

Als Lola und Lia vom See zurückkommen herrscht große Aufregung. Waira stürmt auf die beiden zu.

»Meine Lieben, ihr müsst euch verstecken. Sofort! Eindringlinge sind unerklärlicherweise durch das Portal in unser Reich gelangt. Sonst ist dies nur den Wächtern und dem jeweiligen Hüter der Quelle möglich. Ich habe in ihre Herzen gesehen und sie haben keine guten Absichten. Sie haben es auf euch abgesehen. Folgt mir!«

Ohne zu wissen, vor was oder vor wem sie genau fliehen, eilen sie Waira hinterher. In der Nähe des Wasserfalles deutet sie auf eine Höhle.

»Bleibt dort drin, solange Gefahr besteht, ich werde euch rufen, wenn sie vorüber ist.«

Lola und Lia laufen in die Höhle. Kaum vorstellbar, dass es in ihrem sonst so wunderschönen, magischen Wald auch einen derart unheimlichen Ort gibt. In der Höhle ist es dunkel und kalt. Es riecht nach nasser, modriger Erde. Nur der Hall ihrer Schritte lässt die Größe ihres Versteckes erahnen. Unbehagen macht sich in ihnen breit. Hinter sich hören die Beiden, wie Waira unverständliche Dinge flüstert. Und plötzlich durchbrechen dicke Wurzelstränge den Boden und überwuchern den gesamten Höhleneingang. Nervös warten sie längere Zeit in ihrem Versteck. Doch nichts passiert. Nur ein leises, beständiges Tropfen ist zu hören. Die wenigen Lichtstrahlen, die durch die dichten Wurzeln dringen, erhellen die Höhle nicht einmal ansatzweise. Mit jeder Minute, die vergeht, wirkt sie noch dunkler und bedrohlicher. Das Versteck, das eigentlich zum Schutz dienen sollte, wirkt nun eher wie ein Gefängnis auf die zwei Mädchen.

»Ich halte es hier nicht mehr länger aus«, sagt Lia mit brechender Stimme und greift sich nach Luft ringend an den Hals. »Ich muss raus, ich muss hier schnell raus.«

»Lia bleib ganz ruhig und atme durch, ich fühle mich auch nicht wohl hier drin. Es ist so dunkel, ich kann ja kaum was sehen. Ich bringe uns hier schon irgendwie hinaus, was auch immer dort draußen auf uns lauert!« Als Lola beginnt, an den Wurzeln zu ziehen und zu zerren, sieht sie durch einen kleinen Spalt Adrian und Kyle auf die Höhle zuschleichen. In ihren Gesichtern spiegeln sich Aggression und Entschlossenheit. Lola weicht irritiert zurück. Sie greift beschützend nach hinten zu Lia, noch im selben Moment beginnen die Amulette zu leuchten. Sie schließen ihre Augen. Flirren. Summen. Leuchten. Nach einem kurzen Augenblick versuchen beide ihre Augen zu öffnen, und zu ihrer großen Verwunderung befinden sie sich auf einmal im kalten Nass. Sie sind völlig orientierungslos, denn sie haben sich noch nicht verwandelt, deshalb brennen ihre Augen furchtbar, und so erkennen sie nur ein dunkles Nichts. Die Mädchen beginnen in Panik zu geraten. Doch noch bevor sie völlig von ihrer Angst kontrolliert werden, greifen sie nach der Hand der anderen und fangen an, sich zu verwandeln; Luftblasen, pastellfarben schimmernde Haut, regenbogenfarbene Lichtstrahlen, die das tiefschwarze Meer durchbrechen. Als sie an sich herabblicken, haben sie sich bereits in Meermaidianerinnen verwandelt. Ganz klar und deutlich können sie nun ihre Umgebung wahrnehmen. Das vorher noch dunkle Meer wirkt nicht mehr beängstigend, sondern leuchtet in den verschiedensten beruhigenden Blautönen. Erleichtert lächeln sie sich an. Lia bemerkt hinter Lola ein warmes Licht auf sie zukommen. Lola dreht sich automatisch um. Als das Licht ganz nahe ist, erkennen sie, dass es sich um eine schwarze Schildkröte handelt, die von einem leuchtenden Schimmer umgeben ist und majestätisch auf sie zu schwebt.

»Meine Alimas, habt keine Angst, ich weise euch den Weg nach Hause. Folgt mir.«

Ohne zu zögern, schwimmen die beiden der Schildkröte hinterher. Mit kräftigen Flossenschlägen tauchen sie durch eine fantastische Landschaft, vorbei an leuchtend bunten Korallen. Riesengroße hellgrüne Farne wiegen sanft im Rhythmus des Wassers, das Seegras streift leicht an ihren Körpern entlang, was ihnen ein Kichern entlockt. Dann schwimmen sie durch einen riesigen Fischschwarm. Die unzähligen, in den verschiedensten Gelbtönen schimmernden Fische scheinen regelrecht mit ihnen zu tanzen. Sie folgen jeder Bewegung, als wäre es eine Choreographie der Freude. Als Lola und Lia fasziniert wieder aus dem Schwarm heraustauchen, bemerken sie voller Verwunderung, dass die schwarze Schildkröte verschwunden ist. Noch bevor sich die Frage nach dem weiteren Weg stellt, bietet sich den beiden ein atemberaubender Anblick: Lumia, das Reich der Meermaidianer. Der weiße fluoreszierende Palast und seine ihn umgebende Stadt strahlen so hell, dass sie ihre Augen bedecken müssen. Die hügelige Landschaft wirkt, als sei sie unendlich. Überall tummeln sich wunderschöne Wasserwesen, deren Körper den ihren gleichen. Stolz und anmutig gleiten auch sie durchs Wasser.

»Wow, das müssen wir uns unbedingt genauer anschauen!« sagt Lola fasziniert von dem Anblick.

»Meinst du, wir dürfen das?« fragt Lia zögernd.

»Ja, natürlich, sieh uns doch nur mal an«, grinst Lola und nickt zu Lias Flosse. Dann schwimmt sie zielstrebig auf Lumia zu und Lia folgt ihr schließlich. Schon nach wenigen Metern bemerken sie die neugierigen Blicke der Meermaidianer. Einige von ihnen starren sie verwundert an. Scheinbar fallen sie auf, obwohl sie ihrer Meinung nach von gleicher Gestalt wie die Meermaidianer sind.

»Irgendwie fühle ich mich jetzt doch nicht mehr so sicher«, sagt Lola.

»Wieso? Die sehen doch alle sehr freundlich aus.«

»Aber die starren uns an«, murmelt Lola. »Oh, oh, jetzt kommen sie auch noch auf uns zu.«

18

ANGEKOMMEN?

*D*rei Meermaidianer befinden sich nur einige Flossenschläge später direkt vor Lia und Lola. Einer von ihnen beginnt mit ruhiger Stimme zu sprechen. Es wirkt, als wäre er sich nicht sicher, ob die Fremden überhaupt seine Sprache sprechen.

»Willkommen in Lumia. Mein Name ist Asendius. Wer seid ihr und warum kennen wir euch noch nicht? Denn hier in Lumia ist uns jedes Gesicht bekannt« spricht er langsam und übertrieben deutlich.

»Unsere Namen sind Lia und Lola, wir sind zum ersten Mal hier, eine schwarze Schildkröte hat uns hierhergeführt.«

»Wie meint ihr das, ihr seid zum ersten Mal hier? Und eine schwarze Schildkröte? Am besten, wir bringen euch erst mal zu Apaamo.«

Als sie den fluoreszierenden Lichttempel erreichen, versperren ihnen Wächter mit goldenen Dreizacken den Weg.

»Gewährt uns Einlass, wir müssen zu Apaamo«, sagt Asendius. Schweigend entfernt sich einer der stattlichen Wachen. Er kehrt kurz darauf zurück, ihm folgt eine hochgewachsene Frau mit langen weißen Haaren. Nur die Weisheit, die ihre Augen ausstrahlen, und die Farbe ihres Haares lassen ihr wahres Alter erahnen, denn ihr Gesicht wirkt jugendlich und ihre Haut ist zart wie die eines jungen Mädchens. Kurz vor ihnen bleibt Apaamo stehen und schließt ihre Augen. Sie atmet tief ein, und mit ihrem Ausatmen geht eine warme Welle von ihrem Körper aus und umhüllt Lia und Lola.

»Kommt herein, meine Lieben, eure Herzen sind rein, ihr seid herzlich willkommen im Tempel von Lumia. Vielen Dank Asendius, ich benötige deine Hilfe nicht länger.«

Apaamo deutet Lola und Lia, ihr ins Innere des Tempels zu folgen. Sie setzen sich an einen runden Tisch, dessen Platte aus reinem Perlmutt besteht.

»Meine Lieben, erzählt doch mal, wie ihr zu uns gefunden habt.«

»Lola und ich haben uns vor ein paar Wochen kennengelernt, also an Land. Seitdem passieren uns lauter seltsame Dinge. Vor kurzem haben wir uns zum ersten Mal in Meerwesen

verwandelt. Zuerst haben wir an unserem Verstand gezweifelt. Wir fühlen uns in dieser Gestalt sehr wohl, doch wissen wir nicht, was wir sind und wo wir hingehören. Und jetzt hat uns die schwarze Schildkröte an diesen Ort gebracht, an dem alle so aussehen wie wir.«

»Das hört sich ja ziemlich turbulent an. Also seid ihr eigentlich Menschen?« fragt Apaamo.

»Ja, wir sind Menschen.«

»Ich bin jetzt schon so viele Jahre auf diesem Planeten, aber dass sich menschliche Wesen in Meermaidianer verwandeln können, habe ich noch nie erlebt. Behaltet das lieber erst einmal für euch.« Noch bevor Lola und Lia von ihren Verfolgern und ihren außergewöhnlichen Amuletten berichten können, kommt Asendius aufgeregt in den Tempel und ruft:

»Apaamo, Apaamo, schnell, wir haben einen Verletzten.«

Die Wächterin blickt zu Tür. Zwei ihrer Wachen bringen einen verwundeten Meermaidianer in den Tempel.

»Schnell, er muss sofort in den Raum der Heilung.« Eine klaffende Wunde befindet sich an seiner Schulter, blaues Blut quillt hervor und vermischt sich mit dem Meerwasser. Apaamo holt ein kristallklares Gefäß, in dem sich eine leicht schimmernde Flüssigkeit befindet. Sie öffnet behutsam den Mund des Verletzten und hebt das Gefäß soweit an, dass die letzten Tropfen der Flüssigkeit in seine Kehle fließen können. Nur kurze Zeit später beginnt die Wunde des Meermaidaners sich zu schließen und er fällt in einen regenerierenden Schlaf.

»Das waren die Letzten«, schnaubt Apaamo und blickt traurig nach unten. Lola und Lia, die das ganze Geschehen wortlos beobachtet haben, sehen Apaamo fragend an:

»Von was die Letzten?« fragt Lia.

»Das waren die letzten Tropfen des Wassers aus der heilenden Quelle. Ohne dieses Wasser kann kein Meermaidianer mehr geheilt werden. Seit jeher existiert die Quelle der Heilung, die unser Volk vor Krankheiten bewahrt. Doch vor einiger Zeit ist diese essenzielle Quelle schlagartig versiegt. Niemand weiß, warum und wodurch das geschehen ist.«

»Ach ja«, erinnert sich Lia. »Adrian hat irgendetwas von der Quelle erzählt, die hier versiegt ist. Er war mit dir hier, Lola.«

»Aber es existiert doch eine weitere Quelle im Erdreich? Wieso holt ihr euch das Wasser nicht von dort?«, fragt Lola. Apaamo lächelt und deutet auf ihre Flosse.

»Das ist uns leider verwehrt, und selbst wenn ich mich verwandeln könnte, hätte ich keine Möglichkeit durch das Portal zu gelangen. Moment mal, woher wisst ihr von der Quelle im Erdreich?«

»Lola wurde vor ein paar Tagen von Muränen angegriffen, da habe ich sie ins Erdreich gebracht. Dort habe ich beobachtet, wie Waira sie mit dem Quellwasser geheilt hat.«

»Aber wie seid ihr dort hineingekommen? Ich

meine, wie konntet ihr durch das Portal gelangen? Das ist doch nur den Mitgliedern des Rates möglich.«

»Also ...« Lola und Lia beginnen Apaamo ihre ganze Geschichte zu erzählen. Diese hört gespannt zu.

»Am besten ihr bleibt eine Weile hier, bis wir herausgefunden haben, wer oder was wirklich hinter euch her ist. Fühlt euch wie zu Hause, hier steht ihr unter meinem Schutz. Kommt erst mal zur Ruhe nach all dem, was ihr in letzter Zeit durchlebt habt. Vielleicht können ich und mein Volk euch helfen herauszufinden, wer ihr wirklich seid.«

Apaamo winkt Asendius zu sich:

»Mein Freund, führe sie in unserem Reich herum.«

Apaamo blickt auf die beiden Mädchen und sieht ihnen ganz deutlich ihre Erschöpfung an. Lächelnd sagt sie:

»Am besten zeigst du ihnen erst mal, wo sie sich ausruhen können.« Asendius bringt sie direkt in den Raum der Träume. Dort wartet ein Bett aus Algen auf sie. Lola und Lia legen sich ermüdet darauf. Und die grünen Blätter umhüllen sogleich sanft ihre Körper wie ein Kokon.

»Was geht gerade in deinem Kopf vor, Lola?«

»Meinst du nicht, dass wir den Meermaidianern irgendwie helfen können. Ich meine, sind wir vielleicht das fehlende Puzzleteil? Ist das der Grund, warum wir wirklich hier sind?« Plötzlich ergibt alles einen Sinn.

»Natürlich, Lola, du hast recht. Wir müssen ins Erdreich und ihnen das heilende Quellwasser beschaffen. Lass uns das gleich morgen früh Apaamo vorschlagen.« Die beiden liegen noch einige Zeit wach, ihre Gedanken kreisen um die gerade entstandene Idee und sie schmieden einen Plan. Doch schließlich fallen beide in einen unruhigen Schlaf.

Es ist mitten in der Nacht, als Lola und Lia von fürchterlichen Schreien aus dem Schlaf gerissen werden. Sie eilen nach draußen und sehen mit Entsetzen ein schreckliches Szenario. Apaamo hält den reglosen Körper einer jungen Meermaidianerin in ihren Armen. Blaues Blut strömt unermüdlich aus der riesigen Wunde, die sich über ihren gesamten Brustkorb zieht. Schnell breitet sich das Blut im Wasser aus. Apaamos Weinen zieht immer neue Meermaidianer aus ihren Schlafblättern nach draußen. Allen stockt der Atem vor Entsetzen. Das Geschrei verstummt. Sie hören nur noch Apaamos klägliches Wimmern.

Asendius, der Lia und Lola bemerkt hat, schwimmt zu den beiden.

»Was ist denn bloß passiert, Asendius?«, fragt Lola schockiert.

»Das Mädchen wurde angegriffen, doch wir wissen nicht von wem oder was und wir haben keine Ahnung, was die Kleine so spät allein draußen wollte. Wir konnten sie nicht mehr retten, da wir kein heilendes Quellwasser mehr haben.«

Erschüttert blicken sich Lia und Lola in die

Augen. Beide wissen genau, was zu tun ist. Wortlos verschwinden sie in der Dunkelheit. Weit genug von dem dramatischen Geschehen entfernt fragt Lola:

»Wie schaffen wir es diesmal uns in Gefahr zu bringen?«

»Mir fällt nur ein Ort ein Lola ... «

Mit einem mulmigen Gefühl machen sie sich auf in Richtung Helenengraben. Sie schwimmen nebeneinander durch das dunkle Meer. Nur gut, dass der Mond ihnen ein wenig Licht spendet. Nach einiger Zeit bemerken sie, dass ihnen zwei dunkle Schatten folgen. Intuitiv beginnen Lia und Lola schneller zu schwimmen. Doch trotz ihrer Schnelligkeit kommen die Schatten immer näher. Gerade noch rechtzeitig können sie sich in ein Schiffswrack retten. Die Angst treibt sie immer weiter in den Schiffsrumpf. Hier scheint das Licht des Mondes kaum hinein. Sie müssen sich jetzt langsamer fortbewegen, da sie kaum etwas sehen können. Lola und Lia erkennen eine Öffnung in dem alten, kaputten Holz. Es scheint eine Kajüte zu sein. Sie schwimmen in den winzigen Raum und ertasten eine Türe. Mit aller Kraft versuchen sie diese zu schließen, was ihnen gelingt. Ihr Puls rast. Regungslos verharren sie in der Dunkelheit. Die Stille ist fast greifbar, doch sie spüren ganz deutlich, dass sie nicht mehr alleine sind. Die Tür wird von außen aufgedrückt, sodass Mondstrahlen die Kajüte erhellen. Die Umrisse eines bedrohlich riesigen Meermaidianers werden sichtbar. Er beginnt mit eisiger, hasserfüllter Stimme zu sprechen:

»Endlich habe ich euch gefunden, ihr seid der Schlüssel zu meinem Sieg.«

In dem Moment, als er versucht, nach Lias Handgelenk zu greifen, beginnen die Amulette zu leuchten. Die Anhänger werden eins. Ein strahlender Lichtblitz erhellt das Wrack und blendet den riesigen Meermaidianer, sodass er gezwungen ist, die Augen zu schließen. Er hält sich einen Arm vor sein Gesicht. Als das Licht verblasst, muss er erstaunt feststellen, dass die Mädchen spurlos verschwunden sind. Er fühlt sich in seiner Angst vor der Größe ihrer Bedrohung bestätigt. Sein Zorn und sein Verlangen, die beiden zu vernichten, steigen nun ins Unermessliche.

19

ERSCHÜTTERNDE WAHRHEIT

*A*ngekommen im Erdreich befinden sich die beiden in der Höhle, in der sie zuvor Schutz gesucht haben. Die Mauer aus Wurzeln, die Waira erschaffen hatte, um Lola und Lia zu verbergen, wurde gewaltsam durchbrochen. Lia fragt verwundert:

»Was war denn hier los?«

»Hm, ich glaube, ich weiß, wer das war. Als du um Luft gerungen hast, konnte ich durch die Wurzeln Adrian und Kyle erkennen.«

»Wie? Waren sie hier, um uns zu helfen?«

»Nein, das glaube ich nicht, in ihren Augen konnte ich wütende Entschlossenheit sehen. Ich glaube, sie waren hier, um uns zu töten!«

»Verdammt, es ist alles so verwirrend. Man kann ja kaum noch unterscheiden, wer gut und wer böse ist. In einem Moment retten sie einem noch das

Leben und im nächsten wollen sie einen umbringen ... ich, ich habe ihm echt vertraut.«

Mit glasigen Augen schüttelt Lia ihren Kopf. Lola nimmt sie tröstend in ihre Arme.

»Ich weiß ganz genau, was du meinst, aber wir müssen jetzt an uns, unser Ziel und die Meermaidianer denken. Und solange wir einander haben, schaffen wir alles!« Mit diesen optimistischen Worten machen sie sich auf in Richtung Quelle. Im Morgengrauen bilden sich die ersten Tautropfen auf den Blättern des Waldes. Schweigend, um die Bewohner des Waldes nicht zu wecken, gehen sie mit nackten Füßen auf dem moosigen Boden in Richtung der Quelle. Dort angekommen versuchen sie Waira zu finden. Sie nähern sich dem Wasser und bleiben verdutzt stehen. Direkt vor der Quelle befindet sich eine große Flamme. Doch als sie genauer hinsehen, erkennen sie den Umriss eines weiblichen Körpers. Sie sehen, wie die brennende Frau mit einem Kelch Wasser aus der Quelle schöpft. Mit einem siegessicheren Lächeln nimmt sie einen großen Schluck zu sich. Die beiden Mädchen gehen vorsichtig auf sie zu.

»Fehlt Ihnen etwas? Können wir Ihnen helfen?«

Arrogant lacht die Frau.

»Ach, wisst ihr, das ist Teil eines höheren Spiels. Das könnt ihr nicht verstehen.«

In diesem Moment tritt Waira mit ihrer sanftmütigen Ausstrahlung, zu den dreien.

»Lola, Lia, was macht ihr denn hier? Seid ihr

noch in Gefahr? Ich habe euch überall gesucht, doch ihr wart verschwunden!«

Die beiden Mädchen berichten Waira genau, was nach ihrem Verschwinden geschehen ist.

»... und deshalb, Waira, brauchen wir unbedingt deine Hilfe. Wir können den Meermaidianern nur dann helfen, wenn wir ihnen Wasser der heilenden Quelle des Erdreiches bringen. Nur das kann ihr Überleben sichern.« beendet Lia ihren Bericht über die neuesten Ereignisse.

»Was?« mischt sich Farina ein. »Wenn die Quelle des Wasserreiches wirklich versiegt ist, macht es den Sieg unmöglich. Die anderen Ratsmitglieder und Kupapa müssen es sofort erfahren.«

Farina ist nur wenige Sekunden darauf verschwunden.

Die beiden Mädchen schauen Waira fragend an.

»Wer war das und welchen Sieg meint sie? Wovon hat sie gesprochen?«

»Das ist ein anderes Thema und momentan unwichtig. Jetzt versorgen wir erst mal die Meermaidianer,« erklärt die Hüterin der Erdquelle. Waira möchte die Mädchen zum jetzigen Zeitpunkt nicht über die Unruhe, die durch Maikulas Verbannung entstanden ist, aufklären.

Einer von Wairas Wachen eilt mit einer großen gläsernen Karaffe in seinen Händen herbei. Die Hüterin nimmt sie ihm ab, füllt sie mit dem Wasser der heilenden Quelle und verschließt das Gefäß sorgfältig.

»Wird das denn reichen?«, fragt Lola irritiert.

»Keine Sorge, meine Lieben, das wird es. Schon wenige Tropfen reichen, um ein Leben zu retten. Dauerhaft werden wir eine andere Lösung finden müssen.«

»Wir haben jedoch noch ein anderes Problem«, wirft Lia ein. »Unsere Amulette bringen uns nur zurück, wenn wir in Gefahr sind.«

»Auch das lasst mal meine Sorge sein«, sagt Waira beruhigend.

»Welche andere Möglichkeit gibt es? Ich dachte, der einzige andere Weg ist das Portal, und das können wir ja nicht nutzen, oder?«, fragt Lia.

»Durch meine Vorfahren habe ich einen anderen Pfad kennengelernt. Dieser ist jedoch verboten und gefährlich. Ich denke, unter diesen Umständen wird der Rat der Elemente Nachsicht mit mir haben. Das Problem dabei ist, ich kann euch zwar in das Element bringen, aus dem ihr zu mir gekommen seid, jedoch weiß ich nicht, an welchem Ort genau ihr dann landen werdet. Aber lasst es uns versuchen.«

Waira hängt Lola die gut verschlossene Karaffe, die an einem Strick befestigt ist, um eine Schulter.

»Meine Lieben, reicht euch nun die Hände und stellt euch ganz intensiv den Ort vor, an dem ihr ankommen möchtet.«

Lia und Lola schließen ihre Augen und stellen sich das strahlende Reich der Meermaidianer vor. Sie nehmen nur noch entfernt wahr, wie Waira in einer ihnen unbekannten Sprache ein Mantra zu murmeln beginnt – immer und immer wieder. Die Erde unter ihnen beginnt zu beben und die Luft um sie herum zu wirbeln. Nur wenige Momente später ist alles wieder ruhig. Sie öffnen ihre Augen und finden sich nahe der Tore von Lumia wieder.

Lola flüstert: »Zum Glück, es hat geklappt. Lass uns das Wasser schnell Apaamo überreichen.«

20

DER HINTERHALT

Sie eilen so schnell wie möglich zum Tempel von Lumia, wo ihnen jedoch die Wachen den Eintritt verwehren. Lia versucht verzweifelt, ihnen die Situation zu erklären. Doch die Wachen bleiben stur. Seufzend drehen sich die beiden um und überlegen, wie sie das Wasser zu Apaamo bringen können. In der Ferne hören sie jemanden ihre Namen rufen.

»Lia, Lola, da seid ihr ja. Ich habe von Apaamo höchstpersönlich den Auftrag, euch schnellstmöglich zu ihr zu bringen«, sagt Asendius, als er sie erreicht.

»Wo ist Apaamo? Wir haben schon alles versucht, um in den Tempel zu kommen, doch die Wachen wollten uns nicht passieren lassen«, entgegnet Lia.

»Dort ist sie inzwischen nicht mehr, denn es gab ein großes Unglück beim Helenengraben. Sie ist dort hingeeilt, um zu helfen. Es gab viele Verletzte. Wir müssen zu ihr!«

»Was ist denn passiert Asendius?«, fragt Lola besorgt.

»Das erzähle ich euch wenn wir angekommen sind. Kommt schnell! Wir dürfen keine Zeit verlieren.«

Die drei schwimmen so schnell sie nur können und lassen die leuchtende Stadt hinter sich. Diese Nacht ist anders. Der Mond erhellt das Meer heute kaum. Lia und Lola haben Mühe, sich zu orientieren. Nach einiger Zeit verlangsamt Asendius sein Tempo, bis er schließlich zum Stillstand kommt. Lola und Lia kommen Sekunden später bei ihm an. Nur mit großer Anstrengung können sie die Umrisse eines weiteren Meermaidianers ausmachen. Er treibt regungslos im Meer.

»Dort ist ein Meermaidianer. Er ist verletzt!

»Doch für ihn kommt jede Hilfe zu spät.« sagt Asendius mit leiser Stimme.

»Nein Asendius. Wir können ihm helfen, wir haben Wasser aus der heilenden Quelle des Erdreiches. Wir müssen es ihm geben!« entgegnet Lola und die Mädchen nähern sich langsam dem im Wasser treibenden Körper. Lola nimmt die Karaffe von ihrem Rücken und versucht den Verschluss zu öffnen.

»Nein, es ist zu spät. Es wäre reine Verschwendung ihm von dem Wasser zu geben. Er ist tot!« schreit Asendius mit aufgebrachter Stimme.

»Was ist ihm bloß passiert?«, flüstert Lia und Angst beschleicht sie.

»Eine von euch muss bei ihm bleiben.« Lola und Lia sehen sich verunsichert an. Der Gedanke, sich hier an diesem unheimlichen Ort voneinander zu trennen, behagt ihnen nicht.

»Wir haben keine andere Wahl«, wirft Asendius, der ihr Zögern bemerkt hat, ein.

»Nur ich kenne den Weg zu Apaamo. Sie hat ausdrücklich nach euch verlangt. Und den Toten können wir hier nicht zurücklassen.«

»Ok«, sagt Lola. »Dann bleibt uns wohl keine Wahl.«

Sie legt den Strick, an dem die Karaffe befestigt ist, wieder um ihre Schulter. Die Mädchen nehmen sich bei den Händen.

»Wir schaffen das. Sobald Apaamo das heilende Wasser hat, kommt wieder alles in Ordnung.« Auf ein weiteres Drängen von Asendius schwimmt Lola mit ihm los. Lia bleibt mit einem mulmigen Gefühl bei dem Toten zurück. Es ist vollkommen still. Dunkelheit umgibt sie. Hin und wieder schweben vereinzelt fluoreszierende Quallen wie Gespenster an ihnen vorüber. Als Lia sich dem leblosen Körper etwas weiter nähert, wird ihr klar, was an ihm so befremdlich ist. Der Teil seiner Flosse, den sie in der Dunkelheit erkennen kann, ist schwarz, seine Haut leichenblass und von dunklen Adern durchzogen. Seine Aira ist ebenfalls schwarz, seine ganze Erscheinung wirkt unheimlich. Sie hält inne. Doch noch bevor Lia ihre Gedanken ordnen kann, schlägt er seine Augen auf. Dann erblickt er Lia. Er begibt sich in die Senkrechte und bäumt sich vor ihr auf. Erst jetzt kann sie ganz deutlich erkennen, dass er anstelle einer Flosse tentakelartige Fortsätze hat. Sie weiß nicht, was er ist, aber er ist ganz sicher kein Meermaidianer. Er beginnt mit tiefer Stimme zu sprechen:

»Da bist du also! Deine Komplizin kriegen wir auch noch.« Mit diesen Worten ergreift er Lias zierlichen Körper. Sie beginnt zu schreien. Im nächsten Moment trifft ein grober Schlag Lias Kopf und sie wird ohnmächtig.

Lola versucht, die Geschwindigkeit von Asendius zu halten. Aus der Ferne nimmt sie einen lauten Schrei von Lia wahr.

»Halt, Asendius, etwas stimmt nicht.«

Lola dreht um und schwimmt so schnell wie nur möglich zurück. Auf einmal reißt sie etwas an ihrer Flosse nach hinten. Sie versucht sich in die Richtung des Angriffes zu drehen. Erschrocken blickt sie in Asendius' Gesicht. Er packt sie am Handgelenk.

»Es tut mir leid, Lola, aber ich habe keine andere Wahl.«

»Asendius, was tust du da?«, fragt Lola und blickt fragend auf den groben Griff. »Wie meinst du das, du hast keine andere Wahl? Lass mich sofort los! Ich muss Lia helfen.«

Doch Asendius' Aufmerksamkeit ist auf etwas anderes gerichtet. Er reißt ihr die Karaffe mit dem heilenden Wasser von der Schulter. Erschrocken von seiner eigenen Grobheit blickt er zu Lola. Doch dann schweift sein Blick an ihr vorbei. Sie spürt, wie sie von rechts und links gepackt wird. Die Haut der Angreifer ist eiskalt und fühlt sich rau an. Lola läuft ein kaltes Schaudern über den Rücken. Aus Angst vor dem schrecklichen Anblick wagt sie es nicht, zur Seite zu schauen. Panik macht sich in ihr breit. Doch jeglicher Widerstand erscheint ihr zwecklos. Asendius ist geschockt von der Brutalität, mit der die Norwes Lola abführen. Beschämt wendet er seinen Blick ab. Lola dreht sich hilfesuchend in die Richtung, aus der sie zuvor Lias Schrei wahrgenommen hat, doch sie ist sich sicher, dass auch sie bereits in Schwierigkeiten steckt. Als sie dabei das versteinerte Antlitz von einem der Angreifer erblickt, erschrickt sie vor dessen schauderhaften Aussehen. Mit weiterhin ausdrucksloser Miene beginnen die beiden Soldaten mit Lola im Schlepptau zu schwimmen.

»Lasst mich los! Wo bringt ihr mich hin?« Doch Lola ahnt bereits, dass sie auf diese Frage keine Antwort bekommen wird.

Wo bringt ihr mich bloß hin?

21

YARUS

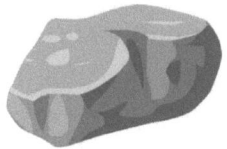

*A*paamo hat sich aufgemacht, verschiedenste Unterwasserheilpflanzen zu sammeln, die ihrem Volk zwar nicht das Leben retten, jedoch Schmerzen lindern können. Mit einem gut gefüllten Netz kehrt sie zum Tempel von Lumia zurück.

Die Wachen weichen sofort respektvoll zur Seite. Doch gerade als sie in den Tempel schwimmen will, erblickt sie Asendius. Er sieht verzweifelt aus, seine Augen hat er geschlossen und murmelt vor sich hin:

»Was habe ich getan ... was habe ich nur getan?«

»Asendius, was ist denn los? Wurde wieder jemand verletzt?«

»Nein, Apaamo, ich habe etwas Schreckliches getan, aber ich hatte doch keine Wahl, denn ich habe es nur für unser Volk getan. Ich wollte wirklich niemanden verletzen, aber ich ... ich ... sie sah so traurig aus. Was werden sie mit den Mädchen machen? Was werden sie mit ihnen machen? Werden sie sie töten?«

»Halt, Asendius, jetzt mal ganz langsam, von was redest du eigentlich, von Lola und Lia? Sind sie in Gefahr? Was ist denn nur passiert? Erkläre mir bitte alles ganz langsam und deutlich.« Es vergehen einige Minuten, bis Asendius es schafft, von den Geschehnissen zu berichten.

»Sie existiert, sie ist wieder auferstanden. Apaamo, die Armee der Norwes ist nicht mehr länger nur ein Mythos. Und ich sage dir, sie ist noch grässlicher als in unserer Vorstellung. Drei der Soldaten haben mich vor den Toren Lumias abgefangen. Sie drohten, mich zu töten. Mich zu töten, Apaamo!«, erklärt er hysterisch. »Sie sagten, wenn ich ihnen nicht helfen würde, würde ich eines qualvollen Todes sterben. Wenn ich mich jedoch dazu bereiterkläre, die Mädchen zu ihnen zu bringen, würden sie mich gehen lassen, und ihr Herrscher würde unsere Quelle wieder zum Fließen bringen. Jedoch erst, sobald die Mädchen übergeben worden seien.«

»Du meinst Lia und Lola?«

»Ja, ja, Lia und Lola. Ich habe sie mit einer Hinterlist zu ihnen geführt ... oh, was habe ich nur getan? Ich fühle mich so furchtbar. Was werden sie mit ihnen machen? Ich wollte doch nur unser Volk retten, und du sahst so verzweifelt aus. Und all die Meermaidianer, die wir verloren haben! Doch als ich zurückkam, war unsere Quelle immer noch versiegt, kein Quellwasser weit und breit. Oh ... ich hätte wissen müssen, dass diese Kreaturen mich hinters Licht führen und es nur ein Trick war, um an Lola und Lia heranzukommen.« Sich seiner Schuld bewusst blickt er in Apaamos Augen.

»Gut, Asendius, versuche dich zu beruhigen und dich zu erinnern, ob sie irgendetwas gesagt haben. Vielleicht, wer ihr Herrscher ist und an welchen Ort sie sie bringen wollen.«

»Ich, ... ich ... ich glaube, dass sie etwas vom Helenengraben gesagt haben ... ist das nicht das Reich von ...?«

»Ja, das ist das Reich von Yarus, aber die Norwes würden sich nie dort hineinwagen, das ergibt doch alles keinen Sinn. Ich muss zu ihm!«

»Das kannst du nicht, du weißt doch, dass es keinem Meermaidianer gestattet, geschweige denn möglich ist, sein Reich zu betreten.«

»Ich muss und ich werde!«

Gerade als Lola denkt, es könnte nicht mehr schlimmer werden, bemerkt sie, dass sie mit den zwei Soldaten geradewegs auf den Helenengraben zuschwimmt. Genau jener Ort, der sie damals fast ihr Leben gekostet hat. *Wollen sie mich töten? Doch wenn sie mich umbringen wollten, hätten sie es schon längst getan. Dazu hätten sie mich nicht zu den Muränen bringen müssen.* Als sie direkt über dem unendlich tief scheinenden Graben schwimmen, sieht Lola schon, wie einige der Muränen neugierig ihre Köpfe aus ihren Löchern der brüchigen Gesteinswand recken. Doch zu ihrer Verwunderung kommen sie diesmal nicht herangeschossen wie damals. Im Gegenteil, als die Soldaten mit ihr im Schlepptau geradewegs in den Graben hinabtauchen, schrecken sie zurück und verkriechen sich. Immer tiefer schwimmen die Soldaten mit ihr dort hinein. Das Wasser um sie herum wird immer kälter, fast schon eisig. In dieser Tiefe scheint es keinerlei Leben mehr zu geben, denn alles um sie herum ist kahl. Lolas Angst vor dem Unbekannten steigt. Am Meeresgrund angekommen lässt einer der Norwes ihren Arm los und schwimmt direkt auf einen Gang zu, der in einen Felsen hineinführt.

»Folgt mir!«, ruft er befehlend. Als Lola zögert, schiebt sie der andere Soldat gewaltsam hinein. Der Durchgang ist so schmal, dass nicht einmal eine Hand zwischen ihren Körper und die Wand passen würde. Am Ende des Tunnels weitet sich der Gang vor einer seltsam schimmernden Wand, die ähnlich wie eine unruhige Wasseroberfläche in Bewegung zu sein scheint. Im nächsten Moment spürt Lola nur, wie sie grob in Richtung der Wand geschubst wird. Sie kann noch schützend ihre Arme vor ihren Kopf halten, doch überraschend mühelos gleitet sie durch die Wand aus Wasser – und landet in einer anderen Welt. Lola ringt nach Luft, denn sie ist nicht mehr von Wasser umgeben. Sie landet schmerzhaft auf felsigem Boden. Als sie an sich herabblickt, stellt sie erleichtert fest, dass sich ihre Flosse bereits wieder in ihre Beine verwandelt hat. Auch ihre Lunge hat ihre menschliche Form wieder angenommen. Als Lola sich aufrichtet, bildet sich ein zarter heller Schleier um ihren Körper. Sie stellt sich vorsichtig hin. Verängstigt schaut sie sich in der weißen Höhle um. Die Norwes scheinen ihr nicht durch die Wand gefolgt zu sein, denn sie ist vollkommen allein. Ihr Blick wandert nach oben, und erstaunt stellt sie fest, dass die Decke mindestens 30 Meter hoch ist. Angesichts der Tatsache, dass sie durch ein System aus engen Tunneln tief unter den Meeresgrund gebracht wurde, erscheint ihr das unmöglich. Sie muss hier sofort raus. Es muss einen Weg in die Freiheit geben. Panisch wirft sie sich wieder und wieder gegen den Eingang, durch den sie gekommen ist. Doch die zuvor durchlässige Wand ist nun hart wie Stein, obwohl sie sich optisch nicht verändert hat. Nachdem sie erkennen muss, dass dieser Weg für sie versperrt ist, beginnt sie die Höhlenwände abzutasten. Irgendwo muss es eine Fluchtmöglichkeit geben. An einer Stelle fühlt sich der Fels anders an. Sie beginnt mit ihrer Hand das bröcklige Gestein abzureiben. Hinter dieser Schicht offenbart sich eine Wand aus Edelstein. Lola versucht zu erkennen, was sich dahinter befindet. Sie säubert die Wand weiter mit ihrer bloßen Hand, bis sie schließlich etwas erkennen kann. Der Raum scheint identisch mit ihrem zu sein. Am Boden zeichnen sich die Umrisse eines Menschen ab. Lola traut ihren Augen kaum. *Ist das nicht Lia?*

Lia, die erschöpft am Boden liegt, versucht mühsam, sich aufzurichten. Im nächsten Moment betritt eine vermummte Gestalt den Raum. Lola bemerkt, dass ihre Amulette zu leuchten beginnen. Panisch hämmert sie mit ihren Fäusten gegen die Wand und ruft verzweifelt Lias Namen, doch die scheint sie nicht zu hören. Auch Lia bemerkt das Strahlen ihres Anhängers. Als sie aufblickt, sieht sie einen menschlichen Umriss hinter der Wand. Das leuchtende Amulett verrät ihr, das es Lola sein muss. Lia erkennt, dass ihre Freundin versucht ihr etwas mitzuteilen. Mit zittrigen Beinen will sie aufstehen. Doch sie wird gewaltsam auf den staubigen Boden zurückgestoßen. Über ihr bäumt sich ein großer Mann in einem dunklen Umhang auf. Mit aller Kraft versucht sie sich aus seiner Gewalt zu befreien. Das Gesicht des unbekannten Mannes ist unter der Kapuze kaum zu erkennen. Mit leiser Stimme beginnt er langsam zu sprechen:

»Es wird Zeit, euer Geheimnis zu lüften.« Mit diesen Worten kommt er bedrohlich nah an ihr Gesicht. Er streicht mit einer Hand auf widerliche Weise über ihre Wange. Dabei bemerkt er, dass ihr Amulett leuchtet. Er greift danach. In dem Moment, in dem seine Haut den Anhänger berührt, durchfährt ihn ein elektrischer Schlag und er wird weggeschleudert. Irritiert richtet sich die Gestalt wieder auf. Augenblicke später, gerade als der Mann wieder auf Lia zugeht, ertönt der dumpfe Klang eines Horns. Sichtlich ungehalten wendet er sich nach kurzem Zögern von ihr ab und stürmt davon.

»Yarus, Yarus, ich weiß, man darf dich in deinem Reich eigentlich nicht besuchen. Aber wir haben eine schreckliche Feststellung gemacht.«

»Und warum störst du mich dann?«, fragt Yarus Apaamo mit finsterer Miene.

»Ich versuche dir gerade den Ernst der Lage zu erklären. Ein Wächter unseres Volkes musste am eigenen Leib erfahren, dass die Armee der Norwes zurückgekehrt ist.«

»Apaamo, hörst du dir eigentlich zu, was du für einen Unsinn redest?«

»Aber erkennst du nicht den Zusammenhang? Zuerst versiegt unsere Quelle und nun tauchen die Norwes auf. Wirklich Sorge macht mir aber nicht die Armee, sondern derjenige, der sie aus der Dunkelheit heraufbeschworen hat.« Yarus erstarrt für einen kurzen Augenblick. Nachdem er sich wieder gefangen hat, fragt er:

»Wer sollte das tun? Und vor allem, warum?«

»Das weiß ich leider auch nicht, deshalb bin ich ja hier. Das Wichtigste ist, dass wir jetzt handeln und vor allem die Quelle wieder zum Fließen bringen. Das Ganze hat schon zu viele Opfer gefordert.«

»Ich werde dein Anliegen noch heute dem Rat vortragen und dann werden wir eine Lösung finden.«

Unzufrieden begibt sich Apaamo auf den Rückweg nach Lumia. Trotzdem macht sich auch eine gewisse Erleichterung in ihr breit, als sie Yarus´

Reich wieder verlassen kann. Er war schon immer ein mürrischer und unangenehmer Zeitgenosse, doch diesmal war er anders. Apaamo hat das Gefühl, dass etwas nicht stimmt. Zurück in Lumia will sie keine Zeit mehr verlieren. Sie muss ihre Wächter versammeln. Auf Apaamos Anweisung hin lässt Asendius alle Wächter zusammenkommen. Diese eilen sofort herbei. Im Tempel herrscht angespannte Stille bis sie von Apaamos Stimme durchbrochen wird.

22

DER KAMPF

»Meine treuen Freunde, ich war bei Yarus, um ihm die Dringlichkeit unserer Lage zu erklären. Doch ich habe das Gefühl, dass ich auf taube Ohren gestoßen bin. Ich glaube nicht, dass er etwas unternehmen wird und bezweifle auch, dass er dem Rat unser Anliegen vortragen wird. Etwas stimmt mit ihm nicht. Ich denke, wir müssen die Sache selbst in die Hand nehmen. Wer oder was die Norwes heraufbeschworen hat, weiß ich nicht. Aber ich nehme an, dieser Jemand ist der Grund, warum die Quelle nicht mehr fließt. Wir begeben uns jetzt auf die Suche nach dem Verantwortlichen. Ich hoffe von Herzen, dass wir dabei auch herausfinden, wohin die Norwes Lia und Lola entführt haben. Sie wollten uns helfen. Asendius hat mir erzählt, dass sie es geschafft haben, Wasser aus der heilenden Quelle des Erdreiches zu uns zu bringen. Nun ist es an der

Zeit, dass wir etwas für sie tun. Wir müssen jetzt tapfer sein und für die Mädchen und unser Volk einstehen. Ich weiß nicht, wie gefährlich es werden wird und wo uns unser Weg hinführt und ich bin von keinem enttäuscht, der uns nicht begleitet. Aber ich bin an eurer Seite und werde alles tun, damit unser Volk eine Zukunft hat.«

Nachdem Apaamo verschwunden ist, macht sich Yarus auf, um die Mädchen weiter zu verhören. Lola und Lia versuchen hektisch, durch die durchsichtige Wand miteinander zu kommunizieren, wie sie am besten flüchten können.

Doch ihre Lage scheint aussichtslos. Lautlos gleitet Yarus durch den verspiegelten Eingang. Lola spürt einen kalten Atemhauch in ihrem Nacken. Erschrocken dreht sie sich um und erstarrt, als der vermummte Mann diesmal direkt vor ihr steht.

»Deine kleine Freundin hat mir bereits alles über euch und euer kleines Geheimnis erzählt. Jetzt will ich von dir wissen, warum ihr zwischen den Welten wandeln könnt. Wie ist euch das möglich?« Sie presst sich immer enger gegen die kalte Wand, um ihm auszuweichen. Doch er stützt sich mit seinen Armen rechts und links von ihrem Kopf ab, sodass es kein Entrinnen mehr gibt. Er wiederholt seine Frage, diesmal eindringlicher.

»Warum könnt ihr zwischen den Welten wandeln? Antworte mir oder es wird schwere Folgen für euch zwei Hübschen haben.« Nach diesen Worten bemerkt Lola eine Bewegung hinter der merkwürdigen Wasserwand. Yarus folgt ihrem Blick und wendet sich verärgert von ihr ab. Er kann es nicht leiden, wenn er gestört wird. Dann steuert er auf den Ausgang zu und verschwindet durch diesen.

»Yarus, unsere Späher haben unweit des Helenengrabens Wächter der Meermaidianer entdeckt und Apaamo führt diese an. Sie sind offensichtlich auf der Suche nach etwas.«

»Apaamo! Wie viele sind es und wie nah sind sie an meinem Reich? Und wo wollen sie hin?«

»Gefährlich nah an unseren Kriegern und es sind mindestens fünf Dutzend. Wohin sie ziehen, weiß ich leider nicht«, antwortet der Soldat.

»Dann bleibt uns keine andere Wahl, wir müssen sie vernichten. Apaamo will es nicht anders.« Wutentbrannt fängt Yarus hemmungslos an zu toben. Mit seiner Faust schlägt er kraftvoll gegen die Felswand. Dadurch bildet sich ein riesiger Spalt in der Wand, die Lia und Lola voneinander trennt.

»Vernichtet sie alle. Es darf keine Zeugen geben!«, befiehlt der Herrscher des Wassers mit entschlossener Stimme. Der Soldat macht sich eilig davon, um den anderen Norwes Yarus' Auftrag zu überbringen.

Apaamo beschließt ihre Truppen aufzuteilen.

»Asendius mein treuer Freund, schwimm mit einem Teil der Truppen zu dem Ort, an dem du die Mädchen zuletzt gesehen hast und suche dort nach Spuren. Denke nicht an die Vergangenheit und an deinen Fehler. Alles passiert aus einem Grund. Es zählt nur die Zukunft und was wir daraus machen. Ich glaube an dich und weiß, dass du voller Liebe und Stärke bist. Wir suchen inzwischen unweit der Vulkane von Gori nach ihnen. Ich habe da so eine Vermutung, wo wir sie finden können.

Schnell und lautlos gleitet Asendius mit den anderen Meermaidianern durch das Wasser. An dem Ort angekommen, fällt sein Blick auf die zerbrochene Karaffe. Schuldbewusst hebt er die Scherben auf. Er dreht sich zu den Wächtern um und spricht:

»Hier habe ich sie zuletzt gesehen. Wo können sie Lola und Lia nur hingebracht haben?« Als einer der Wächter mit dem Finger hinter Asendius deutet, richtet er seinen Blick in diese Richtung und muss voller Entsetzen feststellen, dass die Norwes auf sie zukommen. Sogleich greifen die Wächter zu ihren Waffen. All seinen Mut zusammennehmend ruft Asendius:

»Sagt mir, wer dafür verantwortlich ist, dass unsere Quelle versiegt ist und wo ihr die beiden Mädchen hingebracht habt!« Doch es bleibt still. Schweigend und emotionslos starrend rücken die Norwes immer näher. Sie sind deutlich in der Überzahl. Einer von ihnen schwimmt aus der Menge hervor. Er bewegt sich direkt auf Asendius zu. Nur wenige Zentimeter vor ihm hält er inne. Doch anstelle einer Antwort lässt der Soldat, dessen Gesicht eine große, quer verlaufende Narbe ziert, seine Nesseln auf Asendius' Hals zuschnellen. Das

Gift durchdringt Asendius' Körper in nur wenigen Sekunden. Als die Wächter nur einige Augenblicke später reagieren, um Asendius zu helfen, sinkt dessen Körper bereits auf den sandigen Meeresboden.

»Dieses Schicksal wird euch allen blühen, wenn ihr nicht sofort von hier verschwindet und eure Suche aufgebt.« Doch keiner der Meermaidianer denkt auch nur daran auf diese Forderung einzugehen. Ein brutaler Kampf beginnt...

23

EINE SCHWERWIEGENDE
ENTSCHEIDUNG

*A*uf einmal bietet sich den Mädchen eine Chance. Völlig unerwartet wendet sich das Blatt für die zwei. Sie rennen zu der Stelle an der Wand, wo sich durch die starke Erschütterung ein großer Spalt aufgetan hat. Die neu entstandene Öffnung ist sowohl von Lolas als auch von Lias Seite erreichbar. Das Problem ist nur, dass er sich etwa zwei Meter über dem Boden befindet. Sie versuchen an der Wand hochzuspringen. Doch sie rutschen immer wieder ab. Verzweifelt probieren sie es mehrere Male. Dann entdeckt Lia am anderen Ende ihrer Zelle einen Felsbrocken. Sie stemmt ihren Körper fest dagegen, bis sich der schwere Brocken endlich zu bewegen beginnt. Mit aller Kraft rollt sie das Gestein Zentimeter für Zentimeter zu der Wand. Sie nutzt ihn als Erhöhung und steigt darauf. Dadurch erreicht sie mit ihren Händen den Riss.

Doch was soll Lola machen? In ihrem Teil der Höhle gibt es nichts, das sie sich zunutze machen könnte. Hektisch tastet sie die Wand ab. Dabei spürt sie eine Einkerbung, die sie als Tritt nutzt. Indem sie ihr Bein durchstreckt, kann sie mit einer Hand den Rand der Öffnung erreichen. Lias und Lolas Hände berühren sich schon fast. Die Angst, dass diese Fluchtmöglichkeit, die sich so unerwartet offenbart hat, erfolglos bleiben könnte, lässt ihre Herzen schneller schlagen. Sie müssen es schaffen. Ihre Blicke treffen sich, und beide wissen genau, dass ihnen ein grauenhaftes Ende bevorsteht, wenn ihr Vorhaben misslingt. Ihre Amulette beginnen zu leuchten. Jetzt oder nie! Mit aller Kraft strecken sie sich einander entgegen, um die Hand der anderen greifen zu können. Dann endlich berühren sie sich. Sie ziehen sich gegenseitig aufeinander zu. Immer weiter, bis schließlich ihre Ketten zueinander finden. Surren. Schimmern. Leuchten. Sie haben es geschafft. Gemeinsam haben sie es geschafft.

Zu ihrer Verwunderung kommen sie diesmal nicht im Erdreich, sondern im Tempel von Lumia an. Sie blicken sich um, außer ihnen scheint niemand hier zu sein. Erleichtert, dass sie den Fängen dieses unheimlichen Mannes entkommen sind, fallen sich beide in die Arme. Sie schwimmen nach draußen, um nach den anderen Meermaidianern zu suchen, doch auch hier ist weit und breit niemand zu sehen.

»Warum sind wir diesmal hier und nicht im Idunienwald?«, fragt Lola.

»Ich weiß es nicht, aber irgendetwas scheint nicht zu stimmen«, antwortet Lia. Es ist vollkommen ruhig. Ein mulmiges Gefühl macht sich in den beiden breit. Alles ist verschlossen, fast schon verbarrikadiert. Lola und Lia schwimmen durch die sonst so strahlende und belebte Stadt. Doch wo sie auch hinkommen, es ist niemand da. Sie beschließen, wieder zum Tempel zurückzukehren. Dort angekommen entdecken sie eine kleine Meermaidianerin, die unsicher vor dem Tempel kauert. Vorsichtig nähern sich Lia und Lola dem kleinen Mädchen.

»Hab keine Angst. Wir sind Freunde von Apaamo. Kannst du uns sagen, wo wir sie finden können?«, fragt Lia. Apaamos Name scheint die Kleine zu beruhigen. Zum ersten Mal blickt sie auf. Ihre stechend gelben Augen, ihre fahle Haut und ihr von dunklen Adern durchzogenes Gesicht erschrecken Lola und Lia. Mit erstaunlich dunkler Stimme beginnt sie zu sprechen:

»Apaamo ist nicht hier. Sie hat mit unseren Wächtern die Stadt verlassen. Wir Kinder und Frauen haben die Anweisung bekommen, hierzubleiben und uns zu verstecken, bis die Gefahr vorüber ist.«

»Und wieso versteckst du dich dann nicht?«, möchte Lola wissen.

»Ich habe euch gesehen und dachte ihr könntet uns vielleicht helfen. Falls nicht, wollte ich euch zumindest warnen und euch unser Versteck zeigen.«

»Weißt du denn, wo sie hinwollten und was sie vorhatten?«, fragt Lia beunruhigt.

»Zu den Norwes, und dort wollen sie unsere Quelle zurückfordern!«

»Wer oder was sind die Norwes?«, hakt Lia weiter ein.

»Die Norwes sind eine Armee, bestehend aus den bösesten Wesen, die ihr euch nur vorstellen könnt. Sie sind halb Mensch und halb Krake... einfach scheußlich.«

»Oh, dann sind wir ihnen wohl auch schon mal begegnet. Und wo sind diese Norwes jetzt?« fragt Lia weiter.

»Ich habe gehört, wie Apaamo zu einem der Wächter gesagt hat, dass sie die Norwes in der Vulkanlandschaft von Góri suchen und dort vor eine Entscheidung stellen werden. Entweder geben sie uns unsere Quelle zurück oder wir werden um sie kämpfen, denn ohne sie hat unser Volk keine weitere Überlebenschance mehr. Werdet ihr uns denn helfen? Ich habe solche Angst.«

»Oh nein, das klingt ja furchtbar! Was sollen wir gegen eine ganze Armee ausrichten? Es muss doch eine andere Möglichkeit geben, die Norwes zu überzeugen als gegen sie in den Krieg zu ziehen«, sagt Lola nachdenklich.

Das kleine Mädchen hebt zögerlich eine Hand.

»Ich wüsste noch jemanden, der euch eventuell helfen kann. Doch ich bin mir nicht sicher, ob es sie wirklich gibt oder ob sie nur ein Mythos ist. Ich kenne sie nur aus den alten Erzählungen meines Volkes. Doch wenn sie existiert, ist sie möglicherweise die Einzige, die uns jetzt noch helfen könnte, das Problem zu lösen, denn sie weiß einfach alles.«

»Wenn auch nur die geringste Chance besteht, müssen wir es versuchen. Sag uns bitte, wo wir dieses Wesen finden können, von dem du da sprichst?«, sagt Lola.

»Die Geschichten besagen, dass sie einsam in der Höhle von Kirasu leben soll. Diese sieht angeblich aus wie ein halbes Herz«, erklärt das kleine Mädchen.

»Aber wie sollen wir nur in der Weite des Meeres diesen Ort finden?«, fragt Lia.

»Ich glaube, ich bin damals mit Muriel an diesem Ort vorbeigeschwommen. Ist er nicht in der Nähe dieser Vulkanlandschaft, von der du vorhin gesprochen hast? Als ich mich zum ersten Mal verwandelt habe, sind wir nämlich genau durch so eine Landschaft geschwommen, und anschließend habe ich tatsächlich eine Höhle in Form eines halben Herzens gesehen. Muriel hat mich jedoch gewarnt, dass kein Meermaidianer diese Höhle jemals betreten darf, ansonsten würde auch er nur noch mit einem halben Herzen durchs Leben gehen.«

»Ja, genau diese Höhle meine ich «, sagt das Mädchen.

»Na, dann los, wir dürfen keine Zeit mehr verlieren. Bitte versteck dich nun wieder und komm erst heraus, wenn die Gefahr vorüber ist. Wir werden versuchen deinem Volk zu helfen.« sagt Lola. Die beiden machen sich auf den Weg. Als sich die Mädchen von der Kleinen entfernen, bemerken sie nicht, wie diese sich erfreut die Hände reibt.

Nach einiger Zeit offenbart sich vor ihnen eine weite Kraterlandschaft. Sie wissen, dass sie nun ganz in der Nähe von Apaamo sein müssen. Überall entweichen Luftblasen aus dem erhitzten Erdboden. Ein penetranter, schwefliger Geruch steigt ihnen in die Nasen. Beide sind angespannt. Vorsichtig schwimmen sie durch die befremdliche Landschaft, denn sie wissen nicht, was sie erwartet. Direkt vor ihnen liegt ein Vulkan. Sie schwimmen an dessen Krater entlang. Was sie auf der Ebene hinter dem Vulkan sehen erschüttert sie zutiefst: Zwei Armeen stehen sich gegenüber. Beide zum Kampf bereit. Die Armee der Norwes ist deutlich größer als die der Meermaidianer. Diese wird von Apaamo angeführt. Sie beobachten, wie sie sich gerade dem Anführer der Norwes nähert. Lia flüstert besorgt:

»Oh Gott, was sollen wir jetzt nur tun? Das sieht ganz und gar nicht nach einer friedlichen Einigung aus. Sie werden sie umbringen, Lola!«

»Die einzige Hoffnung, die uns noch bleibt, ist diese Höhle, von der das Mädchen gesprochen hat«, erwidert sie entschlossen.

»Aber denkst du nicht, dass es einen Grund gibt, weshalb die Meermaidianer nicht selbst zu diesem Wesen gegangen sind? Und warum Muriel dich davor gewarnt hat?«

»Bestimmt gibt es den, aber uns bleibt keine andere Wahl. Die Situation ist sonst aussichtslos, die Norwes sind deutlich in der Überzahl.«

»Du hast recht. Wir müssen es einfach versuchen, was immer uns dort auch erwartet.«

Im selben Moment blickt Apaamo nach oben, voller Schreck entdeckt sie die Mädchen. Ängstlich schüttelt sie ihren Kopf, als ob sie wüsste, was die beiden vorhaben. Doch im nächsten Augenblick sind die Mädchen wieder verschwunden.

Lia und Lola wissen, dass sie keine Zeit mehr verlieren dürfen. Angst erfüllt ihre Seelen. Doch allein die Tatsache, dass sie diesen Weg zusammen beschreiten, lässt sie den Mut aufbringen weiterzumachen. Sie schwimmen immer tiefer in die dunkle, angsteinflößende Landschaft von Kirasu. Anfangs waren hier und da noch ein paar grüne Unterwasserpflanzen zu sehen, doch inzwischen scheint kaum mehr Leben um sie herum zu existieren. Die zwei stechen aus dieser irrealen, toten Umgebung hervor. Hin und wieder nehmen sie vorbeiziehende Schatten war. Lola und Lia geben keinen Ton von sich. Lautlos schweben sie durch das trübe Wasser. Mit jedem weiteren Meter verändert sich die Umgebung. Inzwischen ragen rechts und links von ihnen hohe Felsen empor. Das bröcklige Gestein ist an den Wänden mit einem schwarzblauen Schleim überzogen. Der Weg wird immer schmaler, bis Lola und Lia schließlich nur noch hintereinander schwimmen können. Die Felsen entpuppen sich als verwirrendes Labyrinth.

Immer wieder müssen sie umdrehen, da sie wiederholt in eine Sackgasse geraten. Die Meeresoberfläche können sie nicht einmal mehr erahnen. Nur die unglaubliche Sehkraft, die mit ihrer Verwandlung zu Wesen des Meeres einhergeht, lässt die beiden noch etwas erkennen. Mit ihren menschlichen Augen wären sie hier verloren. Lia und Lola müssen ihrem inneren Impuls, von diesem lebensfeindlichen Ort sofort fliehen zu wollen, widerstehen. Doch tapfer begeben sie sich Meter für Meter tiefer in das Labyrinth. Unsicher tasten sie sich durch die fremde Landschaft, bis sie schließlich zum Eingang einer Höhle kommen. Plötzlich hören sie ein leises Lachen, welches sie erschaudern lässt. Sie halten inne.

»Wo kam das her?«, fragt Lia ängstlich.

»Ich ... ich weiß es nicht.« Dann durchschneidet das Lachen erneut die Stille. Es ist eine dunkle, tiefe Frauenstimme, die nach jahrzehntelangem, verbittertem Hass klingt.

»Besucher in meinem Reich? Wer wagt es, mich aufzusuchen? Wer wagt es?«

»W... wir wollen Sie nicht s... stören. Wir sind nur hier, weil wir dringend Ihre Hilfe benötigen.«

»Schweigt!«, herrscht die Stimme. »Ich weiß ganz genau, warum ihr hier seid, ich weiß alles, ich bin allwissend, darum seid ihr auch zu mir gekommen. Und ich kann euch helfen, doch es wird euch etwas kosten«, spricht sie jetzt mit einem hinterlistigen Tonfall. Lia und Lola jagt erneut ein kalter Schauder über ihre Rücken. Ihnen ist die Situation nicht geheuer. Doch welcher Preis könnte schlimmer sein, als die Tatsache, dass die Meermaidaner durch die Norwes getötet werden? Lia antwortet zögerlich:

»Sie können uns also helfen, die Norwes davon zu überzeugen, die Quelle wieder zum Fließen zu bringen?«

»Kommt näher!« Als die beiden Mädchen zögern, in den dunklen Höhleneingang zu schwimmen, ertönt erneut die unheimliche Stimme.

»Ihr tapferen Mädchen werdet doch keine Angst vor mir haben? Haben sich die Meermaidianer etwa in euch getäuscht?« Mit Widerwillen und gegen jeglichen Selbsterhaltungsinstinkt nähern sich die zwei dem Eingang. Ein unangenehmer, fauliger Geruch schlägt ihnen entgegen. Jetzt ist es eindeutig zu spät zum Umkehren. Im Inneren herrscht vollkommene Dunkelheit. Selbst mit ihrer übermenschlich guten Sicht können sie nicht einmal die eigene Hand vor ihren Augen erkennen. Wieder erklingt das grauenhafte Lachen; die Richtung, aus der es kommt, können sie nicht genau bestimmen. Es ist, als wäre es überall zugleich. Im selben Augenblick spüren Lola und Lia eine Bewegung im Wasser. Panisch drehen sie sich um. Es sieht so aus, als würde in der Ferne ein kleines rötliches Licht auf sie zuschwimmen. Im nächsten Moment ist es wieder im Nichts verschwunden. Erneut nehmen beide eine Bewegung wahr, diesmal sehen sie mehrere kleine rote Lichter aufblitzen, die aber ebenso schnell wieder verschwunden sind. Die Angst lässt ihre Herzen schneller schlagen.

Ihre Amulette beginnen zu leuchten. Beide wissen, dass sie sich wirklich in Gefahr befinden. Um nicht weiter aufzufallen, versuchen sie diese mit ihren Händen zu verbergen. Ihre Körper sind angespannt, als müssten sie in jedem Moment mit einem Kampf rechnen. Dann beginnt die Stimme wieder zu sprechen. Doch diesmal ist sie ganz nah und flüstert:

»Ach, was seid ihr doch für hübsche Dinger. Ihr wisst, dass ich eure einzige Chance bin, den Meermaidianern zu helfen, hm? Ohne mich, ohne mich seid ihr verloren ... ohne mich ist die ganze Welt verloren.«

»Was ist der Preis?«, fragt Lola, all ihren Mut zusammennehmend.

»Oha ... nicht so voreilig. Es ist fast geschenkt. Fast geschenkt. Ich meine, in Anbetracht dessen, dass ich für euch eine ganze Armee vernichten soll.«

»Wir bitten Sie nicht, sie zu vernichten, sondern nur, eine friedliche Lösung zu finden.«

»Das ist aber die einzige Lösung, die existiert, kleine Alimas.«

»Alima ... genauso hat mich Muriel auch genannt«, flüstert Lola Lia zu.«

»Hört mir zu!«, herrscht die Stimme sie an.

Nach einer unangenehm langen Pause spricht sie weiter: »Nun gut, kommen wir zum Geschäft. Das Einzige, das ich von euch verlange, sind eure klitzekleinen schönen Ketten. Ein kleines Geschenk in Anbetracht dessen, was ihr als Gegenleistung von mir bekommt. Ein kleines Geschenk an die, die allwissend ist und euch helfen kann. Ich werde eure und die Probleme der Meermaidianer im Nu lösen, und die Norwes werden euch nicht länger belästigen.«

»Unsere Ketten?«, fragen beide entsetzt.

»Können wir Ihnen nicht etwas anderes geben? Die Amulette sind uns wirklich sehr wichtig.«

»Ihr wagt es ernsthaft, mir meinen Wunsch abzuschlagen?«, brüllt die erzürnte Stimme.

»Ich befürchte, Lola, wir haben keine andere Wahl«, seufzt Lia.

»Legt sie dort auf den Felsen vor euch!«

Plötzlich leuchtet ein steiniger Vorsprung direkt vor ihnen in einem hellen Giftgrün auf. Schweren Herzens nehmen sie die immer noch leuchtenden und plötzlich schwer wie Blei zu scheinenden Ketten von ihren Hälsen und legen sie auf den Stein.

»Gut so! Verschwindet jetzt aus meinem Reich und stehlt nicht mehr von meiner kostbaren Zeit. Um alles Weitere wird sich gekümmert. Und vergesst nicht: Hier unter Wasser untersteht ihr meinen Gesetzen und jetzt raus!« Die Stimme stößt erneut ein hässliches Lachen aus.

Das schallende Gelächter lässt kleine Felsbrocken von den Wänden bröckeln. Die Mädchen schwimmen mit kräftigen Flossenschlägen und einem unguten Gefühl in Richtung Ausgang.

Lia nimmt Lolas Hand und sagt: »Wir werden sie uns auf irgendeine Weise wiederholen, du wirst sehen.«

24

DER DREIZACK

*D*as vorher noch verwirrende und irreführende Labyrinth aus dunklen Gängen scheint für die beiden jetzt kein Problem mehr zu sein. Als wären sie diesen Weg schon tausende Male geschwommen, führt ihre Intuition sie geradewegs in die Freiheit, in die Sicherheit. Sie schwimmen mit rasender Geschwindigkeit. Gekonnt meistern sie jedes Hindernis, jede noch so steile Kurve. Sie sind sich der Schatten, die ihnen folgen, sehr wohl bewusst. Doch keine von beiden blickt sich um. Sie versuchen, den schwerwiegenden Verlust ihrer Ketten vorerst zu verdrängen. Im Moment sind die Zweifel und die Unsicherheit darüber, ob dieses Wesen ihnen wirklich helfen wird, vorherrschend. Endlich endet das Felslabyrinth und sie sind wieder auf der freien Fläche, die von Schwarz und Grau beherrscht wird. Zielstrebig schwimmen sie weiter, bis sie schließlich die brodelnde Vulkanlandschaft erreichen. Unsicherheit und Zweifel über den Pakt mit dem merkwürdigen Wesen bestimmen ihre Gedanken.

»Meinst du, es funktioniert, und dieses Wesen wird den Meermaidianern wirklich helfen?«, fragt Lola verunsichert.

»Wir können nur hoffen«, antwortet ihr Lia mit besorgtem Blick.

Apaamo bewegt sich langsam auf die Norwes zu.

Trotz der riesigen Zahl an Soldaten ist es totenstill. Dann beginnt sie mit ruhiger, starker Stimme zu sprechen:

»Wir sind alle Lebewesen dieses Planeten. Lasst es nicht zum Kampf kommen. Wir wollen nur unsere Quelle zurück. Ich will nur Frieden und dass unser Volk weiterhin existieren kann. Es hat schon zu viele sinnlose Opfer gegeben. Lasst uns das beenden.« Doch keiner der Norwes verliert auch nur ein Wort. Weiterhin starren die Soldaten ins Leere. Dann durchbricht der dumpfe Klang eines Horns die Stille. Das Unausweichliche nimmt seinen Lauf. Apaamo nimmt ein surrendes Geräusch wahr. Sekunden später steckt der Pfeil einer Harpune tief in ihrer Brust. Nun gibt es auf beiden Seiten kein Halten mehr. Ein brutaler, blutiger Kampf beginnt. Einige der Norwes versuchen mit ihren Nesseln die Kämpfer der Meermaidianer zu vergiften, andere reißen ihnen brutal die Aira aus ihrem Hals heraus, sodass sie grausam ersticken. Die Meermaidianer wehren sich mit aller Kraft. Sie werden nicht aufgeben und ihr Volk verteidigen, es geht um Leben und Tod.

Als Lola und Lia schließlich an den Rand des Vulkankraters zurück gelangen, erschaudern sie vor dem Anblick, der sich ihnen bietet. Es ist eindeutig, dass diese Kreatur nicht eingegriffen und nichts verändert hat. Was sie sehen, erschüttert sie zutiefst: Meermaidianer und Norwes attackieren sich gegenseitig. Die Nesseln der Angreifer verätzen die regenbogenfarbene Haut der Meermaidianer, bis diese nur noch zuckend am Grund liegen und ihnen Schaum aus dem Mund läuft. Das Sekret vergiftet sie von innen, bringt so ihre Adern zum Erfrieren und anschließend ihre Herzen für immer zum Schweigen. Andere werden einfach brutal niedergeschlagen. Sie sehen jedoch auch, wie die Meermaidianer sich voller Stolz und aufrecht zur Wehr setzen. Mit ihren Dreizacken als Waffen durchstechen sie hauptsächlich die Hälse der Feinde, um ihnen so die Luftzufuhr durch ihre schwarze Aira zu nehmen und sie so zu töten. Aus sicherem Abstand beobachten Lia und Lola den grausamen Kriegsschauplatz. Es bricht ihnen die Herzen, dieses sonst so friedvoll lebende Volk so grausam kämpfen zu sehen. Krampfhaft überlegen sie, wie sie ihnen helfen könnten. Körperlich haben sie gegen die Norwes keine Chance, und gekämpft haben sie bisher noch nie. Doch dann entdecken sie mitten im Getümmel Apaamo, die verletzt am Grund liegt. Einer der Norwes kommt aus einiger Entfernung zielstrebig auf sie zu. Es ist nur eine Frage weniger Augenblicke, bis er ihr den Garaus machen wird. Ohne auch nur eine Sekunde zu zögern, schwimmen Lola und Lia auf Apaamo und ihren Angreifer zu. Doch sie kommen nicht weit. Mit hoher Geschwindigkeit und mit voller Wucht rammt einer der Norwes, der die Mädchen sofort entdeckt hat, Lia in die Seite. Sie wirbelt im Wasser herum und überschlägt sich mehrere Male bis ihr Körper gegen einen rauen Felsen prallt. Blaues Blut, das aus einer tiefen Schnittwunde an Lias Oberkörper quillt, vermischt sich mit dem Meerwasser. Der Soldat umklammert ihre Flosse mit seinen Tentakeln, und seine Hände pressen die ihren fest hinter ihrem Körper zusammen. Mit seinen Zähnen versucht er, an ihre Aira zu gelangen und kommt ihr dabei gefährlich nahe. Der Norwes stinkt widerlich faulig aus seinem Mund. Panisch versucht sie, sich aus seinem festen Griff zu lösen. Schlagartig erwacht eine ungeahnte Kraft in ihr. In kräftigen Wellen durchströmt diese neue Stärke ihren Körper. Mit einem Ruck reißt sie ihre Hände auseinander und kann sich aus den Fängen des Scheusals befreien. Mit ihren Ellbogen stützt sie sich auf den steinigen Grund, dabei erwischt sie mit ihren Händen ein Stück Lavagestein. Ohne auch nur eine Sekunde zu zögern, rammt ihm Lia den spitzen Stein direkt in eines seiner Augen. Sofort lässt er von ihr ab und bedeckt schmerzverzerrt sein Gesicht mit seinen Händen. Lia erkennt sogleich ihre einzige Chance zur Flucht, dreht sich auf den Bauch und versucht sich aufzurichten. Doch der Norwes streckt sofort seine Nesseln nach ihr aus und bohrt diese genau dort in ihre Flanke, wo der Felsen sie zuvor verletzt hat. Lia schreit voller Schmerz auf. Über die offene Wunde kann das Gift besonders schnell in ihren Blutkreislauf gelangen. Nur wenige Meter von ihr entfernt erblickt sie einen Dreizack, den wohl ein Meermaidianer im Kampf verloren haben muss. Mit aller Kraft versucht sie die Waffe zu erreichen. Doch das Gift hat bereits ihre Flosse gelähmt. Sie versucht sich mit ihren Armen am felsigen Untergrund in Richtung des Dreizacks zu ziehen. Durch seine Augenverletzung sieht Lias Angreifer kaum noch etwas und kann ihr nur schwer folgen. Mit einem kräftigen Ruck zieht er den Stein schließlich heraus. Schwallartig läuft schwarzes Blut aus der Wunde. Obwohl er Lia kaum erkennen kann, stürzt er sich unkontrolliert auf sie. Lia hat in der Zwischenzeit schon den Dreizack zu greifen bekommen und dreht sich kurzerhand auf den Rücken. Sie hält die Waffe schützend vor sich, sodass der Norwes sich schließlich selbst aufspießt.

· · ·

Ein anderer Norwes hat Lola von hinten am Hals gepackt und sie brutal zu Boden gerissen. Seine Nesseln sind überall. Verzweifelt versucht Lola, seine Aira zu packen, so wie sie dies zuvor bei den Meermaidianern beobachtet hat. Doch seine Hände drücken ihre Kehle immer fester zu. Gerade als Lola denkt ihre letzte Stunde hätte geschlagen, durchbohrt ein Pfeil ihren Angreifer und sein Griff um Lolas Hals lockert sich. Doch trotz schwindender Lebenskraft lässt er nicht von ihr ab. Das Gift seiner Nesseln lässt Lola langsamer und schwächer werden. Sie greift instinktiv nach dem Pfeil, der tief in seinem Körper steckt, und bricht ihn ab. Mit all ihrem Lebenswillen holt sie zum Schwung aus und rammt das gesplitterte, abgebrochene Ende direkt in seine Aira. Schwarzes Blut dringt aus der Wunde. Geschockt lässt er von Lola ab. Wenige Sekunden später sinkt der tote Leib zu Boden. Sie spürt, wie seine Nesseln trotz seines Todes noch Gift absondern. Hilfesuchend blickt sie in die sich bekriegende Menge. Noch bevor sie Lia entdecken kann, verdunkelt sich schlagartig das Wasser über ihr. Als sie nach oben sieht, erblickt sie das kalte Grauen. Sie sind überall. Abertausende Norwes befinden sich direkt über dem Schlachtfeld. Wie Fadenwürmer bedecken ihre Tentakel ihre gesamte Sicht.

Das war's, jetzt ist es vorbei, das können wir nicht mehr schaffen, denkt Lola. Doch was ist das? Bei genauerem Hinsehen erkennt sie, dass es sich gar nicht um die Nesseln der Norwes handelt. Sie gehören riesigen Quallen. Diese schweben regungslos direkt über ihnen. Wie ein schwarzblaues Signal blinken sie fluoreszierend. Alle Krieger starren nach oben. Auf dem Schlachtfeld wird es ruhig. Alle halten inne. Und da ist es, *das* Zeichen:

Es ertönt das schauderhafte Lachen genau jener Stimme, die Lia und Lola zuvor in der Höhle gehört hatten. In rasender Geschwindigkeit saugen die riesigen Quallen Wasser an und bewegen sich mit kräftigen Rückstößen auf den Boden zu. Zielgerichtet stürzen sie sich auf die Norwes. Nicht einmal mit einer Nessel berühren sie dabei die Meermaidianer. Wie ein Netz stülpen sie sich um die Körper der Norwes und nehmen sie in sich auf. Es ist ein bizarrer Anblick, wie den Soldaten der dunklen Armee jegliche Energie aus den Körpern gesaugt wird, sodass die düsteren Gestalten auch noch das letzte bisschen ihrer schwarzen Farbe verlieren. Jetzt kommt eine der Quallen auf Lola zugeschwebt. Sie setzt sich direkt über ihr ab, nimmt den leblosen Körper des Norwes hinfort. Alles geht sehr schnell. Wie ein Aufräumtrupp der besonderen Art stürmen die Quallen das Feld und entfernen dabei alles Böse. Und genauso plötzlich wie sie da waren, sind sie wieder verschwunden. Zurück bleiben nur die erstaunten Meermaidianer. Nach einer kurzen Pause der Erleichterung beginnt das Stöhnen und Schreien der Verwundeten. Die Unversehrten eilen sofort zu ihnen. Vorsichtig versucht sich Lola aufzurichten, doch der Kampf hat Spuren hinterlassen. Ein Krieger des Meervolkes kommt ihr zur Hilfe und stützt sie. Ihr erster Gedanke gilt Lia.

»Hast du Lia gesehen?«, fragt sie den Meermaidianer panisch.

»Lola!«, ruft ihr plötzlich die Stimme zu, nach der sie gesucht hat und die sie nur zu gut kennt.

»Oh Lia«, beide fallen sich in die Arme.

»Was war das? Ich meine, wo warst du? Da war auf einmal dieses riesige Monstrum mit den Tentakeln und ich wusste nicht mehr, wo oben und unten ist. Dabei habe ich dich aus den Augen verloren.«

»Ja ich weiß, mir ging es ganz genauso. Und diese Quallen, ich meine, wow! Und dann war alles vorbei. Oh mein Gott, was ist passiert? Du blutest ja «, stellt Lola erschrocken fest und deutet auf die zwei tiefen Schnittwunden zwischen Lias Rippen, aus denen blaues Blut läuft.

»Ach das, das ist gar nichts«, winkt Lia ab, die immer noch voller Adrenalin ist. »Aber was ist mit dir?«, fragt sie und nickt zu Lola, die erneut von dem Krieger gestützt wird.

»Da war dieser Norwes, der mich würgte, und ich dachte schon, das war es jetzt. Aber dann kam da aus dem Nichts dieser Pfeil und durchbohrte ihn...«, erzählt sie aufgeregt. In diesem Augenblick wird ihr klar, dass, wer auch immer diesen Pfeil abgeschossen hat, ihr das Leben rettete. Sie blickt in die Richtung, aus der das Geschoss gekommen sein muss, und erblickt *ihn*. Dort oben am Rande des Vulkans kann sie *ihn* erkennen. Adrian, der immer noch eine

Harpune in seiner rechten Hand hält. Trotz der Entfernung sehen sie sich direkt in die Augen. Lola ballt eine Hand zur Faust, legt sie auf ihr Herz und formt mit den Lippen lautlos das Wort *Danke*. Adrian lächelt sie an und nickt beruhigt zurück.

25

DER ABSCHIED

»Wo ist eigentlich Apaamo?«, fragt Lia. Sie blickt suchend in die Menge. »Oh nein!« Ihr stockt der Atem, als sie sieht, wie zwei von Apaamos Wachen diese vorsichtig wegtragen.

»Oh nein, bitte nicht«, flüstert Lola. Die Mädchen schwimmen zu Apaamo.

»Was ist mit ihr?«, ruft Lia den Wachen bereits aus der Ferne zu. Diese reagieren jedoch nicht auf ihre Frage und schwimmen weiter. Sie sind vollkommen konzentriert auf ihre Aufgabe, die Wächterin der Quelle zurück zum Palast zu bringen. Bei Apaamo angekommen, hören sie diese leise vor Schmerzen stöhnen. Sie öffnet die Augen und dreht ihren Kopf langsam zur Seite, sodass sie in die besorgten Gesichter der beiden blicken kann. Sie hebt eine Hand, um den Wachen zu signalisieren anzuhalten. Diese stoppen sofort.

»Macht euch keine Sorgen, meine Lieben, ich muss mich nur ein bisschen ausruhen. Ich sehe, ihr seid auch verletzt. Folgt mir nach Lumia und lasst euch dort versorgen. Stellt euch vor, unsere Quelle sprudelt wieder! Jetzt wird alles gut. Ihr werdet sehen.« Die beiden bemerken jedoch deutlich, dass Apaamo das Reden schwerfällt. Sie folgen den Wachen wortlos nach Lumia. Die Wächter bringen Apaamo dicht gefolgt von Lia und Lola in den Tempel. Behutsam heben sie die Wächterin auf eines der in goldenem Licht leuchtenden Betten und schieben unter ihren Kopf ein aus Luftblasen bestehendes Kissen, dabei öffnet sie ein wenig ihre Augen und murmelt:

»Lia, Lola, lasst euch bitte auf einem unserer Betten nieder, euch wird sogleich geholfen, alles wird gut.«

Eine der Wachen geleitet sie zu den Betten. Auch sie bekommen ein Luftkissen untergelegt. Lolas Gesicht ist dabei schmerzverzerrt. Nachdem sie so stark von dem Norwes gewürgt worden ist, tut ihr Hals heftig weh. Lias Wunden haben bereits zu bluten aufgehört, doch auch sie litt starke Qualen. Nach und nach werden immer mehr Verletzte in den Tempel gebracht.

Auf einmal scheinen alle Wächter verschwunden zu sein, und eine sanfte Melodie erklingt. Einige junge Meermaidianerinnen schwimmen anmutig in den Tempel. Sie tragen Blumenkränze in ihren Haaren und Krüge in ihren

Händen. Dabei summen sie diese hypnotisierende Melodie. Jede von ihnen setzt sich zu einem Verletzten ans Bett. Sie berühren mit ihren zierlichen Händen die Münder der Verwundeten und deuten ihnen so, diese zu öffnen. Sorgsam träufeln sie das heilende Quellwasser hinein; für jeden genau die richtige Menge, die er zu benötigen scheint. Die Flüssigkeit fühlt sich für einen Verletzten an, als würden Millionen kleiner Sauerstoff-teilchen durch dessen Körper rauschen. Sie kribbeln überall, setzen sich genau dort ab, wo sich die Wunde oder die Vergiftung befindet, und heilen die betreffende Stelle. Die Meermaidianerinnen begeben sich, immer noch die beruhigende Melodie summend, aus dem Tempel. Nachdem das Wasser seine komplette heilsame Wirkung entfaltet hat, fallen alle Verwundeten in einen tiefen, erholsamen Schlaf.

Als Lia nach einem wunderschönen Traum wieder aufwacht, sieht sie, dass Lola bereits munter ist und quietschfidel mit Apaamo redet. Dieser geht es scheinbar auch wieder blendend.

»Du Schlafmütze, ich dachte schon, du wachst gar nicht mehr aus deinem Dornröschenschlaf auf«, lacht Lola und eilt sofort an Lias Bett. »Wie geht's dir denn?«

»Ehrlich gesagt habe ich mich schon lange nicht mehr so gut und gesund gefühlt.« Dabei greift sie sich verwundert an ihre Rippen, von denen ihre Wunden bereits komplett verschwunden sind. »Wo sind denn all die anderen verletzten Meermaidianer?«

»Ja«, lacht Apaamo, »das ist die Wirkung unserer wundervollen Quelle. Wir konnten alle Verletzten heilen. Und das haben wir nur euch beiden zu verdanken. Lola hat mir bereits alles von euren waagemutigen Taten erzählt. Mein Volk und ich können euch gar nicht genug danken. Ihr habt uns gerettet und seid jederzeit in Lumia willkommen. Doch ich befürchte, das Beste, was wir im Moment für euch tun können, ist, euch in eure Heimat zurückzubringen. Hier seid ihr nicht länger sicher. Mein Volk und ich werden euch jedoch immer zur Seite stehen und euch bis an euer Lebensende beschützen. Ich habe euch tief in mein Herz geschlossen, meine Lieben, doch auch ich muss euch nun gehen lassen. Ich hoffe, es wird kein Abschied für immer sein und dass wir einen Weg finden werden, um einander wiederzusehen.«

»Aber wie sollen wir denn jetzt nur zurück in unsere Welt kommen?«, fragt Lia und fasst an die Stelle an ihren Hals, an welcher bis vor kurzem noch ihr Amulett hing.

»Ihr müsst es auf die altmodische Art machen. Ihr müsst an die Oberfläche, dort zum Ufer schwimmen und an Land gehen. Es gibt jedoch noch etwas anderes, das wir bedenken müssen«, antwortet Apamoo. Nach all den schrecklichen Dingen, die passiert sind, trägt sie zum ersten Mal wieder ein leichtes Lächeln auf ihren Lippen.

»Das werdet ihr brauchen, meine Lieben.« Sie überreicht ihnen einen gefüllten Beutel. Lola nimmt ihn entgegen. Doch bevor sie die Möglichkeit haben, ins Innere des Beutels zu blicken, schwimmt eine der Wachen vorbei und flüstert Apaamo etwas ins Ohr.

»Für den Weg habe ich noch eine kleine Überraschung für euch. Vor allem für dich, Lola. Lia, du wirst ihn genauso so ins Herz schließen, wie es Lola getan hat, da bin ich mir sicher. Kommt, meine Lieben!« Sie deutet den beiden, ihr zu folgen. Dort warten schon zwei Wächter, die sie begleiten sollen. Doch die Mädchen wissen nach wie vor nicht, welche Überraschung Apaamo meint. Dann machen die zwei Wachen den Weg frei. Als Lola erkennt, wen sie verborgen haben, breitet sich ein strahlendes Lächeln auf ihrem Gesicht aus.

»Muriel, mein lieber Muriel!« Voller Freude schwimmt sie ihm entgegen.

»Lola, ich habe mir solche Sorgen gemacht, als wir voneinander getrennt wurden. Zugleich wusste ich, dass du deinen Weg finden wirst. Wie ich sehe, geht es dir wieder gut.«

»Ja, ich habe einiges erlebt, aber das ist jetzt egal. Muriel, ich muss dir unbedingt jemanden vorstellen.« Mit diesen Worten dreht sie sich zu Lia um und winkt sie zu sich. Lia lächelt den beiden zu.

»Du bist also die zweite Alima«, begrüßt Muriel sie freudig.

»Äh, ich heiße Lia.«

»Diesen Namen haben wir jetzt schon öfter

gehört. Was hat er zu bedeuten, Muriel? Ich meine, was bedeutet Alima?«, fragt Lola.

»Das erkläre ich euch, wenn es an der Zeit ist. Jetzt sollten wir uns auf den Weg machen, damit wir euch noch vor Anbruch der Nacht sicher an Land bringen.« Den beiden Mädchen wird mit einem Schlag bewusst, welchen Rückweg sie nun antreten müssen. Wehmut macht sich in ihnen breit. Auch wenn sie wissen, dass es sicherer ist, diese Welt hinter sich zu lassen, erfüllt es sie mit tiefem Schmerz. Sie begeben sich nach draußen, was sie dort erblicken, lässt Tränen in ihre Augen steigen. Alle Meermaidianer haben sich vor dem Tempel versammelt, und an der Spitze befindet sich Apaamo. Lola und Lia schwimmen langsam auf sie zu. Die Blicke der Meermaidianer sind voller Dankbarkeit und Anerkennung. Als sie bei der Wächterin ankommen, beginnt diese zu sprechen:

»Wir, das Volk der Meermaidianer, möchten euch unseren tiefen Dank aussprechen. Was ihr für uns getan habt, war beispiellos. Ihr habt durch euren Mut, eure Stärke und vor allem durch euren Zusammenhalt viele Leben gerettet. Wir sind euch auf ewig dankbar. Ihr seid ein Teil von uns und unserem Volk. Lumias Tore stehen euch immer offen.« Mit diesen letzten Worten bricht Apaamos sonst so kräftige und klare Stimme. Sie nimmt die beiden Mädchen auf mütterliche Weise in ihre Arme und kämpft mit den Tränen, denn sie weiß, dass sie die zwei für eine ungewisse Zeit gehen lassen muss.

»Hört nie auf, euren Herzen zu folgen, denn das wird euch immer ans Ziel bringen. Eure Freundschaft ist wahrhaftig, eure Herzen schlagen im gleichen Takt. Ihr könnt alles schaffen«, flüstert sie, immer noch gegen die Tränen ankämpfend. Sie löst die Umarmung und gibt die Mädchen frei.

»Die Wachen und Muriel werden euch nun ans Ufer bringen. Sie kennen eine geeignete, sichere Stelle, an der ihr an Land gehen könnt. Gebt immer auf euch acht.« Lola und Lia bedanken sich bei Apaamo für die liebevolle Aufnahme in ihrem Volk. Dann schwimmen sie den Wachen hinterher. Nach einigen Metern drehen sich die beiden noch einmal um, halten inne und nehmen den atemberaubenden Anblick von Lumia in sich auf. Jeder der dort versammelten Meermaidianer presst eine Hand gegen seine Brust. Eine Geste der Dankbarkeit, die für Lia und Lola bestimmt ist.

»Ob wir Lumia jemals wiedersehen werden?«, fragt Lola mit zitternder Stimme.

»Ich weiß es nicht, Lola, aber ich hoffe es von ganzem Herzen.« Es ist hart für die beiden, diesen wundervollen Ort, der sich so nach zu Hause anfühlt, verlassen zu müssen. Muriel, der bemerkt, dass die beiden sich kaum von Lumia trennen können, ruft sie. Ein letzter Blick, dann kehren sie dem Tempel, der Stadt und ihren wundervollen Einwohnern ihre Rücken zu.

Es ist ein langer Weg, der Lola und Lia zurück in die Menschenwelt führt. Muriel versucht die beiden

Freundinnen von ihrem Schmerz abzulenken und fragt sie ein bisschen über ihre Abenteuer aus. Sein Ablenkungsmanöver ist erfolgreich, denn beide berichten ihm ganz detailliert von ihren Erlebnissen. Die Reise führt sie noch einmal durch die verschiedenen Landschaften der Unterwasserwelt. So als wolle diese sich nochmal von ihrer schönsten Seite präsentieren, kreuzen immer wieder die farbenfrohesten Fischschwärme ihren Weg. Zarte Walgesänge begleiten sie. Als sich die Unterwasserlandschaft jedoch verändert, spüren alle, dass sie fast an ihrem Ziel angekommen sind. Die Wasseroberfläche ist nun schon gut zu erkennen, die Korallen werden immer weniger, bis der Boden nur noch sandig ist. Die Wachen, die die ganze Zeit wortlos voran geschwommen sind, verlangsamen ihr Tempo.

»Dort drüben, bei dem großen Felsen, könnt ihr ungestört an Land gehen. Wir wünschen euch alles Gute für die restliche Reise. Ihr habt unseren ewigen Dank.« Die Beiden verbeugen sich mit diesen Worten und verschwinden dann in der Tiefe des Meeres. Lola und Lia blicken ihnen hinterher.

»Nun ist die Zeit des Abschiedes gekommen, meine Alimas.« Muriel schwebt vor ihnen im Wasser. Jetzt ist er also da, der Moment, den die zwei während der ganzen Zeit zu verdrängen versucht haben. Es ist Zeit, Abschied zu nehmen. Abschied von Muriel, vom Unterwasserreich und von einer magischen Welt, von der sie bis vor kurzem nicht einmal eine Ahnung hatten. Als Lola Muriel über den Körper streicht, kommen ihr die Tränen. Auch Lia kann sie nun nicht mehr zurückhalten.

»Wow, hier ist einfach alles magisch«, flüstert Lia, als sie bemerkt, dass ihrer beider Tränen glitzern.

»Das sind die Tränen einer Alima. Ich wusste vom ersten Moment, dass ihr beide etwas ganz Besonderes seid«, sagt Muriel. Gerade als Lola fragen will, was es denn nun mit der Bezeichnung Alima auf sich hat, stört ein lautes Geräusch diesen bewegenden Augenblick. Sie schauen nach oben und sehen die Unterseite eines Schiffes.

»Los jetzt! Schwimmt zu den Felsen, und dann seht ihr, dass das Wasser dort seichter wird. Das Ufer ist ganz nah.« Muriel kann Lolas Angst, das alles zum letzten Mal zu sehen, spüren.

»Wir werden uns wiedersehen. Das weiß ich. Und nun bringt eure Reise zu Ende. Es war mir eine Ehre, euch zu begleiten. Passt auf euch auf.« Dann ist auch Muriel verschwunden. Zurück bleiben zwei Freundinnen, die eine Welt voller Magie und Wunder kennenlernen durften. Doch auch die Schattenseite dieser Welt blieb ihnen leider nicht verborgen. Zwei Mädchen, die ihre eigene Stärke und ihren eigenen Mut finden durften. Die über sich selbst und über ihre Ängste hinausgewachsen sind. Sie waren zwar nur kurz Teil dieser Welt, aber ihre Herzen sind nun nicht länger an eine Heimat gebunden. Diese ihnen so lange verborgene Welt wird für immer ein Teil von ihnen sein. Doch jetzt ist es an der Zeit, an die eigene Sicherheit zu denken. Sie haben mit all ihrem Herzblut geholfen, die Welt der Meermaidianer und ihre eigene zu retten. Apaamo sagte, dass sie ab jetzt in der Menschenwelt wieder sicher seien. Sie müssen gehen, müssen zurück in ihr altes Leben. Müssen versuchen, in ein normales, alltägliches Leben zurückzufinden. Doch ist das überhaupt möglich? Und dann sind da auch noch Adrian und Kyle. Werden sie jemals einen von beiden wiedersehen? Und wenn ja, sind sie dann vor ihnen sicher?

Lola und Lia werden aus ihren schwermütigen Gedanken gerissen, als erneut der Schatten eines Bootes über sie hinweggleitet. Wortlos schwimmen sie auf die Felsen zu. Das Wasser wird immer seichter. Als es nur noch wenige Meter bis zur Oberfläche sind, fassen sie sich bei den Händen. Auch dieses letzte Stück werden sie zusammen meistern. Langsam nähern sie sich dem Ufer. Sie werfen einen letzten Blick auf ihre wunderschönen schimmernden Flossen und tauchen schließlich auf. Als ihre Oberkörper die Wasseroberfläche durchbrechen, färbt die Abendsonne den Himmel gerade in ein tief leuchtendes Rot. Bis auf das Geräusch sich brechender Wellen ist nichts zu hören. Die Verwandlung vollzieht sich in nur wenigen Sekunden. Zögerlich tasten sie ihre Körper ab, die wieder ihre menschliche Form angenommen haben. Sie befinden sich an einem menschenleeren Strand. Lia nimmt den Beutel, den sie von Apaamo bekommen haben, von ihrer Schulter. Sie greift hinein. Als sie tropfnasse Kleidung herauszieht, müssen beide lachen. Sie stehen auf, gehen aus dem Wasser und ziehen die Sachen an. Das war es dann wohl. Sie sind wieder zurück, und es gibt erst einmal keine Aussicht auf eine Rückkehr. Sie setzen sich in den weichen Sand und lassen sich von der Abendsonne trocknen.

26

DAS HEUTE IST DAS MORGEN VON GESTERN

𝓔s ist schon dunkel, als Lola und Lia am Campus der St. Marriot Universität ankommen. Bewusst gehen die Mädchen zum Seiteneingang des Wohnhauses, denn nach allem, was sie erlebt haben, möchten sie jetzt einfach nur auf ihr Zimmer und versuchen die Ereignisse zu verarbeiten. Doch leider geht ihr Plan nicht auf. Ausgerechnet heute Abend sind die Gänge brechend voll.

»Oh nein! Wieso muss denn genau heute eine Party hier im Wohnheim stattfinden?« sagt Lia mit gepresster Stimme.

»Komm, wir gehen so schnell wie möglich zu unserem Zimmer.« erwidert Lola. Mit gesenkten Köpfen drängen sich die zwei durch die vollen Flure. Nach einigen Metern merken sie jedoch, dass die Leute sie anstarren und zu tuscheln beginnen. Schließlich war die letzte offizielle Meldung der

Universitätsleitung, dass die zwei Studentinnen bei der Expedition mit Professor Agarius ums Leben gekommen seien. Lia und Lola fühlen sich sichtlich unwohl. Aber wenn sie bedenken, was sie alles erlebt haben, können sie darüberstehen.

»Sie sind wieder da, und sie leben«, hört Luke zwei Mädchen sagen. »Ist das zu glauben? Die ganze Uni ist wegen ihnen in Aufruhr, und sie schlendern hier rein, als wäre nichts gewesen«, lästern sie weiter.

»*Wer* ist wieder da?«, unterbricht er die beiden. Die zwei schauen ihn genervt an.

»Ja, die Totgeglaubten ... von der Expedition!«

»Lia und Lola?«, fragt Luke und wird kreidebleich. Die beiden Mädchen lachen nur und wenden sich wieder von ihm ab. Luke sprintet ohne zu zögern los, um so schnell wie möglich beim Zimmer der Mädchen anzukommen und sich selbst von der unglaublichen Nachricht zu überzeugen. In seinem Kopf herrscht völliges Chaos, bis ihm eine schwarze, dreibeinige Katze direkt vor die Füße rennt und er fast über sie stolpert. Er hält kurz inne, um nach Luft zu schnappen.

»Luke!«, rufen ihm die zwei lieblichsten Stimmen zu, die er nur allzu gut kennt.

»Ihr seid es wirklich!« Mit Tränen der Erleichterung drückt er die beiden fest an sich. »Es ist also wirklich wahr, ich konnte es zuerst nicht glauben. Ihr seid am Leben und gesund«, sagt Luke mit zittriger Stimme.

»Oh ja, das ist eine lange Geschichte«, sagt Lia, »aber warum am Leben? Dachtet ihr, wir seien tot?«

»Ähm, ja, alle glaubten das. Agarius hat erzählt, dass ihr zwei in einem furchtbaren Sturm mitten auf dem Ozean über Bord gegangen seid. Taucher haben wochenlang nach euch gesucht.«

»Agarius? Bleib uns bloß mit diesem seltsamen Kerl fern! Und wochenlang? Wie lange waren wir denn fort?«

»Einen ganzen schrecklichen Monat voller Bangen und Hoffen. Aber wieso wisst ihr das denn nicht? Und wo wart ihr? Hat euch Agarius etwas angetan? Ich fand ihn ja schon immer etwas seltsam. Ich habe nie daran geglaubt, dass ihr tot seid, ich habe einfach gewusst, dass ihr am Leben seid. Ja, wirklich!«

»Ach, Luke«, Lia nimmt ihn freundschaftlich in ihre Arme, »wir haben nun alle Zeit der Welt. Wir erzählen dir alles in Ruhe, ja? Doch jetzt brauchen wir erst mal ein bisschen Schlaf.«

»Na klar, Hauptsache, ihr seid wieder da und ihr müsst mir versprechen, jedes Detail zu erzählen. Ich will *alles* wissen.«

»Versprochen«, antworten beide wie aus der Pistole geschossen und kreuzen dabei ihre Finger hinter ihren Rücken.

Dann gehen die Mädchen auf ihr Zimmer. Niemand von ihnen hat

bemerkt, dass Agarius hinter einer Ecke des Flures lauscht.

. . .

Schon einige Tage nach Lolas und Lias Rückkehr ist wieder Alltag am Campus eingekehrt. Die Mädchen haben allen anderen bereits eine glaubwürdige Geschichte von ihrer Rettung durch ein chinesisches Frachtschiff, von dem aus sie keinerlei Kontakt zur Außenwelt hatten, aufgetischt. Des Weiteren erzählten sie, dass sie sich anfangs an nichts erinnern konnten. Als die Erinnerung langsam zurückkehrte, wären sie mit dem Schiff bereits sehr weit gereist und sehr weit weg von zu Hause gewesen.

Ja, sie haben viel erlebt, wenn auch auf eine andere Art und Weise, als sie öffentlich zugegeben haben. Doch sie wollten wirklich keinem die Wahrheit erzählen. Denn wer hätte ihnen schon geglaubt, wenn sie von Meermaidianern, kleinen Feen und verwunschenen Wäldern erzählt hätten? Stattdessen haben sie beschlossen, dass es so sicherer für sie und ihre Umwelt ist. Und so nimmt das restliche Semester an der Uni seinen Lauf. Zum Ende hin stehen noch einige Klausuren an, die Lia und Lola alle mit Bravur meistern. Die Meeresbiologie hat beide schon immer sehr interessiert, und so konnten sie sich dem Meer wenigstens ein Stückchen näher fühlen. Ansonsten haben beide seit ihrer Zeit in Lumia das Meer strikt gemieden und nicht über das, was dort passiert ist, gesprochen.

. . .

Die Sommerferien rücken langsam näher, und auf dem Campus herrscht eine ausgelassene Stimmung. Lia, Lola und Luke liegen verträumt im Gras unter der alten Eiche. Die Mädchen sind, wie auch in den letzten Monaten, mit ihren Gedanken woanders, bis ein »Hey Mädels« sie aus ihren Tagträumen reisst. Ryan und Jason legen sich ungefragt direkt neben sie. Dabei quetscht sich Jason aufdringlich zwischen Lia und Luke, der genervt seine Augen verdreht.

»Na, ihr Süßen, bereit für Bella Italia?«

»Was, Italia?«, fragt Luke verblüfft.

»Na ja, wir haben mit den Mädchen einen Trip nach Bari in das Haus von Ryans Eltern geplant.«

»Ach, weißt du, Ryan, das ist vielleicht gerade nicht der beste Zeitpunkt, um zu verrei...«

»Oh nein, nein, nein, das ist sogar der perfekte Zeitpunkt, um zu verreisen. Glaub mir, Principessa, es ist traumhaft dort. Verträumte Fischerörtchen, romantische Sonnenuntergänge, ausgedehnte Spaziergänge am Strand, stilvolle Bars und Clubs und natürlich die Cucina. Oh ja, die italienische Küche ist einfach die beste! Das dürft ihr einfach nicht verpassen!«

»Kommt schon, ihr habt mit uns darauf angestoßen! Das gilt doch fast schon als Vertrag«, zwinkert Jason Lia zu.

»Wisst ihr, vielleicht solltet ihr wirklich fahren. Ihr beide wart in letzter Zeit immer so abwesend. Das Semester ist vorbei, und vielleicht würde euch ein kleiner Ortswechsel guttun«, sagt Luke. Er lässt die Mädchen zwar äußerst ungern mit den beiden Chaoten ziehen, jedoch ist ihm aufgefallen, wie traurig sie in letzter Zeit wirken.

»Genau, hört auf den Nerd. Der weiß, was gut für euch ist«, stimmt Ryan Luke zu und legt diesem dabei freundschaftlich einen Arm um dessen Schultern.

»Luke, du bist natürlich auch herzlich dazu eingeladen, das Haus ist riesig. Meine Eltern verbringen diesen Sommer sowieso auf den Bahamas. Wir haben also genug Platz.«, sagt Ryan.

»Oh ja, das würde ich sehr gerne! Die Basilika San Nicola, das Castello Normanno-Svevo di Bari wollte ich schon immer sehen. Die Kegelbauten des Weltkulturerbes und der Fischmarkt von Bari sollen legendär sein« schwärmt Luke.

Jason wirft Ryan einen vorwurfsvollen Blick zu. Ryan hebt schulterzuckend seine Arme, da er offensichtlich nicht mit einem Ja von Luke gerechnet hat.

Lia, die von der unangenehmen Situation ablenken möchte, sagt:

»Wow, da kennt sich aber einer aus! Das klingt wirklich toll! Hm, Lola, vielleicht tut uns ein Tapetenwechsel wirklich ganz gut.«

»Aber Lia, das Meer«, murmelt Lola zwischen zusammengebissenen Zähnen.

»Wieso, kannst du etwa nicht schwimmen?«, lacht Jason.

»Doch, natürlich kann sie schwimmen, und wie

sie es kann! Alles gut«, winkt Lia etwas gröber als gewollt ab.

»Ok, dann fahren wir also nach Bari. Ich kümmere mich um alles wie zum Beispiel den Flug. Ich gebe euch dann Bescheid.«

Ryan und Jason springen auf und verschwinden zu ihren Autos.

»Keine Angst, da lassen wir uns schon was einfallen«, flüstert Lia Lola beruhigend zu.

»Dann geht's also wirklich nach Bella Italia.«

27

BARI

*N*ur zwei Wochen später kommt die bunt gemischte Truppe nach einem anstrengenden Flug in Apulien an. Dort werden sie von einem Fahrer namens Lorenzo in einem Maybach abgeholt und durch die Stadt kutschiert. Sofort sind alle von der wunderschönen Hafenstadt Bari verzaubert. Das Haus von Ryans Eltern liegt etwas außerhalb in Monopoli, direkt an der Küste. Die wunderschöne alte romantische Burgvilla raubt den Mädchen fast den Atem. An den Wänden der alten Fassade schlängeln sich Kletterrosen hinauf. Die Villa ist nahe einer Felsenklippe gelegen, die weit übers Meer ragt. Schon während sie durch das eiserne Eingangstor gehen, hören sie das tosende Rauschen des Meeres.

Nachdem sich alle etwas ausgeruht haben, richten Ryan und Jason auf einem steinernen Block in der Mitte der Küche ein paar Antipasti her, die ihnen Lorenzo zuvor in der Stadt besorgt hat. Sie rufen die beiden Mädchen, die sogleich die Marmortreppe hinunterstürmen. Zum ersten Mal spüren beide wieder so etwas wie Vorfreude. Vorfreude auf etwas Neues, Fremdes, darauf, ein neues aufregendes Land zu erkunden und einfach Spaß zu haben. Jason und Ryan winken die Mädchen zu sich auf die Terrasse und reichen ihnen zwei verführerisch aussehende Gläser Aperol Spritz.

»Lia, alles in Ordnung?«, lacht Jason, als er bemerkt, wie diese mit geschlossenen Augen und einem strahlenden Lächeln tief durchatmet.

»Ja, natürlich, ich genieße nur gerade ... riecht ihr das nicht auch ... das Meer?«

»Klar«, sagt Ryan. »Das ist das pure Leben, das ist Italien. Wenn ihr wollt, können wir noch ans Meer gehen, bevor wir uns ins italienische Nachtleben stürzen.«

»Unbedingt«, sagt Lola, »Aber wo bleibt eigentlich Luke?«

Nur einen Moment später kommt dieser mit einem weißen Leinenhemd und einer Jeans bekleidet auf die terracottafarbene Terrasse und sieht dabei unverschämt gut aus.

»Wow, Luke, du schaust ja heute scharf aus!«, platzt es aus Lia und Lola gleichzeitig heraus.

Luke, der sogleich errötet, entgegnet:

»Natürlich, das muss ich ja auch bei den belle donne dieser schönen Stadt.«

»Dann kann ja nichts mehr schiefgehen, dann also cheers, auf Bari, oder wie man hier so schön sagt: Cin cin!« Ryan erhebt sein Glas und sie stoßen an.

»Auf Bari, cin cin!« Ausgelassen stimmen sie sich auf den heutigen Abend ein und unterhalten sich dabei über das letzte Jahr: über verrückte Professoren, schwierige Klausuren, wilde Partys und darüber, wie unglaublich schnell das erste Semester vorübergegangen ist. Auch Luke, der anfangs noch Bedenken hatte, fühlt sich inzwischen in der Clique richtig wohl. Zusammen spazieren alle fünf voller Vorfreude dem Sonnenuntergang Richtung Meer entgegen. Eine zerklüftete Klippenlandschaft ragt über dem Wasser, dessen meterhohe Wellen sich tosend an ihr brechen. Die Sonne zeichnet bereits behutsam ihre letzten Strahlen auf die Wasseroberfläche, bis sie schließlich ganz untergegangen ist.

»Ist das nicht wunderschön?«, flüstert Lola verträumt.

»Ja, und so romantisch«, grinst Ryan und nutzt die Gelegenheit, sofort einen Arm um sie zu legen. Jason tut es ihm sofort gleich und schwingt seinerseits einen um Lia.

»Ja, aber auch ganz schön hoch.« Luke blickt verängstigt nach unten.

»Keine Angst, ich passe auf dich auf«, sagt Jason zu Lia und streicht ihr dabei sanft eine Strähne aus dem Gesicht.

»Apropos aufpassen, wir sollten lieber mal

*auf*passen, dass wir das Nachtleben von Bari nicht *ver*passen«, sagt Luke, dem es nach wie vor unangenehm ist, wenn jemand *seinen Mädchen* zu nahekommt, und deutet in die Richtung einer Bar, aus der man schon leise den Bass von Chillout House-Musik hören kann.

»Du hast absolut recht mio amico, bei Stefano ist jetzt Happy Hour! Dann lasst uns mal Bari unsicher machen!«, sagt Jason.

»Geht ihr doch schon mal vor, Lia und ich genießen noch kurz den Ausblick. Wir kommen in ein paar Minuten nach«, fügt Lola noch an, als sie die verdutzten Gesichter der Jungs bemerkt.

»Alles klar, Principesse, wir treffen uns dann gleich im *Muchacho*.«, sagt Ryan. Und schon sind die drei unterwegs Richtung Monopoli.

»Es ist unglaublich«, sagt Lia, als die Mädchen alleine sind.

»Was meinst du?«

»Na ja, einfach alles! Dass wir nach diesem letzten turbulenten halben Jahr jetzt in Italien sind und es hier so wunderschön ist. Nie hätte ich geglaubt, dass ich mich nach allem, was wir erlebt haben, an irgendeinem Ort so wohlfühlen, geschweige denn Freude empfinden könnte. Doch gerade tue ich es. Und zum ersten Mal kann ich wieder richtig durchatmen.« Lia holt genussvoll und tief Luft.

»Ich weiß, was du meinst. Mir geht es genauso, auch wenn wir dem Meer hier näher denn je sind,

sind die starke Sehnsucht und der Schmerz hier wie weggeblasen. Und gerade das Meer, von dem wir uns eigentlich fernhalten sollten, gibt mir jetzt Zuversicht und Hoffnung. Ich habe das Gefühl, angekommen zu sein. Aber Lia, ohne dich würde es sich ganz sicher nicht so anfühlen, und ohne dich wäre ich niemals bis hierhin gekommen. Ich bin so froh, dass es dich gibt!«

»Ich bin auch so froh und dankbar, dass ich dich kennengelernt habe. Langsam glaube ich wirklich, dass du mein Engel bist, den mir das Universum geschickt hat.«

»Aber ohne dich könnte ich niemals fliegen, Lia.«

Und so stehen sie dort Hand in Hand, den Horizont betrachtend, mit Blick auf eine unsichere, doch hoffnungsvolle Zukunft.

Die Sehnsucht nach dem Meer
  ist die Sucht, das Meer zu sehen.
  Doch wer das Meer nicht in sich sucht,
  wird es niemals finden.